少年读红楼

王熙凤弄权

[清] 曹雪芹　高鹗
原著

钱儿爸（韩涛）
编著

赵燕
绘

中信出版集团 | 北京

图书在版编目（CIP）数据

少年读红楼. 王熙凤弄权 /（清）曹雪芹，（清）高鹗原著；钱儿爸编著；赵燕绘. -- 北京：中信出版社，2023.10

ISBN 978-7-5217-5731-6

Ⅰ. ①少… Ⅱ. ①曹… ②高… ③钱… ④赵… Ⅲ. ①《红楼梦》—少年读物 Ⅳ. ① I207.411-49

中国国家版本馆CIP数据核字（2023）第 086889 号

少年读红楼·王熙凤弄权

原　　著：[清]曹雪芹　[清]高鹗
编　　著：钱儿爸
绘　　者：赵燕
出版发行：中信出版集团股份有限公司
　　　　（北京市朝阳区东三环北路27号嘉铭中心　邮编　100020）
承　印　者：北京瑞禾彩色印刷有限公司

开　　本：787mm×1092mm　1/16　　印　张：9　　字　数：100千字
版　　次：2023年10月第1版　　印　次：2023年10月第1次印刷
书　　号：ISBN 978-7-5217-5731-6
定　　价：39.00元

版权所有·侵权必究
如有印刷、装订问题，本公司负责调换。
服务热线：400-600-8099
投稿邮箱：author@citicpub.com

自序
让孩子懂得"中国式社会"

"世事洞明皆学问，人情练达即文章。"

有朋友问我，为什么要给孩子讲《红楼梦》？面对这个问题，我时常想起自己少年时如饥似渴读红楼的场景。在我看来，《红楼梦》不仅是值得一读再读的经典名著，更是让孩子理解"中国式社会"绕不开的作品。

《红楼梦》看似讲古代豪门的日常生活，但处处体现的是人情世故。里面没有运筹帷幄、决胜千里的谋略，也没有百万雄兵中取上将首级的豪迈，但暗含着日常生活中的为人处世之道，非常细腻，耐人寻味。

因此，当我决定要给孩子们讲《红楼梦》时，如何讲得有意义、有意思，如何讲出精髓，如何做取舍，便成了我动笔开讲前最先解决的问题。

关于故事的趣味性，我不担心。就光是掰开了讲贾史王薛四大家族的渊源，揉碎了讲荣宁两府的人物的辈分关系，还有古代豪门大户人家的那些规矩和浮华行为，就足以让人大开眼界了。不过，孩子们要想看得过瘾，还需要会"品",能咂摸其中的味道。贾史王薛四大家族的关系,荣宁两府的纷纷扰扰,一众太太、小姐、丫鬟、老爷、公子、小厮之间的言行举止,孩子们对其体会更深刻,对人生也会更多一分思考。

至于精髓,那太多了。《红楼梦》是中国古典文学的集大成者,有着极高的文学价值。首先要说的就是,原著作者曹雪芹塑造了大量真实鲜活的人物形象。书里的每一个人都有自己的想法,都有自己的愿望,都想过自己喜欢的生活,每一个人都好像活生生存在着。

其次是精巧的故事设计。所谓"草蛇灰线,伏笔千里",曹雪芹善于设计故事,他经常会写一些看似无关紧要的内容,但过了几章之后我们就会发现,原来都是后面故事的重要伏笔。有些不仅有隐喻,还和后面发生的故事形成对比。

再次,书里有大量作者独创的俗语、诗词,其他小说难以望其项背。比如在描写四大家族的时候,作者用了很多顺口溜似的语言,像是"贾不假,白玉为堂金作马",通俗易懂,生动形象,就好像几个人茶余饭后闲聊,随口聊到这些家族一样,显得格外自然且有趣。比如在警示人物命运的时候,作者借书中人物之口,创作了许多人们耳熟能详的诗词和能挂在牌匾上的人生感悟,金句频出,如本文开头那句"世事洞明皆学问,人情练达即文章"。

此外,书里不仅有故事,还谈到了历史、艺术,以及饮食、服饰、礼仪,甚至天文地理、医卜星象、园林草木等诸多知识。我对其中一些进行了解释,比如宝玉爱喝的酸笋鸡皮汤、碧粳粥是什么做的,三间大门是什么样子,等等。

至于书中人物的感情描写,我想这也是父母们最关心的。我编写的原则是：讲爱情，不讲情欲；浅讲爱情，深讲人物的性格和背景。

我一直相信，孩子对人类的一切情感，不管是亲情、友情抑或爱情的理解水平，并不比成人低，反而孩子要更敏感。对异性的细微感觉，孩子从小就有，不必讳言。爱情也是人情世故的重要部分。所以，在讲述时我保留了主要人物的情感纠葛，在不甚紧要的旁支暗线部分做了删减。

尽量尊重原著，将书里的故事呈现给孩子们，而不是改得七零八落，不成体系，是我给自己设的原则。让孩子们在故事中识人物，在人物间品得失，有所感悟、有所成长，是我讲述红楼故事的目的。

关于版本，这套《少年读红楼》主要参考了广为流行的庚辰本和程乙本。在这两个版本的基础上，对内容进行了调整和删改，让整体故事更易被孩子理解。

最后，还是那句话，红楼故事，无论什么时候读，都很值得，都不嫌早，更不嫌晚。希望孩子们和我一样，愿意开始了解红楼故事，去发现和探索故事中的深意，进一步细细品味这部中国古典文学中的瑰宝。也祝愿所有小读者能通过《少年读红楼》这部作品，在阅读中获得心智上的成长，真正爱上我们的经典名著。

目录

第1章　一根寒毛比腰壮 001

第2章　林黛玉收花怄气 012

第3章　惺惺相惜两公子 022

第4章　金锁玉石巧结缘 034

第5章　遇误会黛玉吃醋 043

第6章　宝玉醉闹绛芸轩 052

第 7 章　宝玉秦钟入学堂 063

第 8 章　感同情凤姐探病 072

第 9 章　可卿托梦留忠言 079

第 10 章　肆意妄为坏礼制 089

第 11 章　四王八公齐送葬 102

第 12 章　师太巧言激熙凤 112

红楼内外的世情百态 125

第1章 一根寒毛比腰壮

上一册讲到刘姥姥一进荣国府，王熙凤先安排她和板儿到其他屋去吃点东西，随后叫住周大娘，让她如实回答，刘姥姥究竟是哪门子的亲戚，王夫人刚才的原话到底是什么。

周大娘有些尴尬，她没想到自己被看穿了，实话实说道："太太刚才的原话是，咱家跟刘姥姥他们家原不是一家子，当年他家祖上和咱家老太爷一起当过官，因为同僚的关系，就连了宗，认了亲，只是这几年也不大走动了。过去他们家的人也来拜访过，但太太当时就没空儿接待他们。如今他们家能想起来瞧瞧咱们，也算是好意，别怠慢了她，要是有什么安排的话，叫二奶奶您自己决定就是了。"

听到这儿，王熙凤心里有底了：怪不得我没听说过这门亲戚，原来是这么认的。既然不是什么亲近亲戚，我也不用给她多少钱,施舍点小钱就罢了。她拿定了主意。

刘姥姥和板儿在另一间屋饱餐一顿之后,又回到这间屋子里,一边咂嘴一边道谢,可见婆孙俩吃得开心,回味无穷。

王熙凤笑着告诉刘姥姥:"要说亲戚之间,就该相互照应,本来这事不用你上门。不过家里杂事太多,太太又上了年纪,一时想不到你们这门亲戚也是有的。如今我管着家里的事,像你们这些亲戚,我又大都不知道……"

说到这儿刘姥姥心里凉了半截,正想着,只听王熙凤继续说:"我们这个家从外面看着是风风光光的,殊不知这大有大的难处,说出来外人也不信。"

听到王熙凤讲家里的难处,刘姥姥心里咯噔一下:看来她是不打算拿钱了。

结果王熙凤话锋一转:"不过你既然大老远来了,又是头一次跟我张嘴,我怎么好意思让你空手回去呢?也巧了,昨天太太赏给我的丫鬟们做衣服的二十两银子,现在还没动呢,你若是不嫌少,就先拿去用吧。"

刘姥姥的心情就像是坐过山车,刚才还沉在谷底,一下子又上来了。

对于大户人家来说,二十两银子不算什么,打赏一下丫鬟小厮,做件衣裳,三两下就花完了。可对于刘姥姥这样的穷苦人家来说,他们辛辛苦苦忙活一年,哪怕丰收了,把种的粮食都拿去卖,也卖不了几两银子。这二十两,足够刘姥姥一家两三年的吃穿用度了。

刘姥姥十分欣喜，眉开眼笑，赶紧答话："我们也知道艰难。但这俗话说得好，瘦死的骆驼比马大，不管怎样，您拔一根寒毛比我们的腰还壮嘞。"

在场的丫鬟们闻言都捂嘴笑了。这话说得粗鄙。寒毛比腰还壮，王熙凤身为大家闺秀，哪有那么粗的寒毛？旁边的周大娘立即暗暗地使了个眼色给刘姥姥。好在王熙凤是个爽快人，笑了笑不计较。

王熙凤喊来平儿，让她把那包银子取来，自己又往里添了一串钱，送给刘姥姥："这些钱暂且给孩子们做件冬衣吧。改日没事，常来逛逛，都是亲戚。天晚了，就不留你们了。"

刘姥姥嘴里不停地说着"谢谢姑奶奶，谢谢姑奶奶"，同时弯腰作揖。刘姥姥家里这下有着落了。这份恩情，难怪她千恩万谢。

拿了银两后，刘姥姥和板儿跟随周大娘来到了她家。

刘姥姥非要给周大娘留一块银子，说是给周家的孩子们买果子吃，可见刘姥姥心地善良，是个知恩图报的人。不过，周大娘没收，作为贾府的仆人，她家看不上这点钱。

两人又闲聊了一会儿，刘姥姥便带着板儿起身告辞了。周大娘则到王夫人那里去回话了。毕竟刘姥姥攀的是王夫人的亲戚，现在王熙凤安排完了，刘姥姥人也走了，周大娘需要去汇报一下。她没想到的是，这一去，又惹出一个事端来。

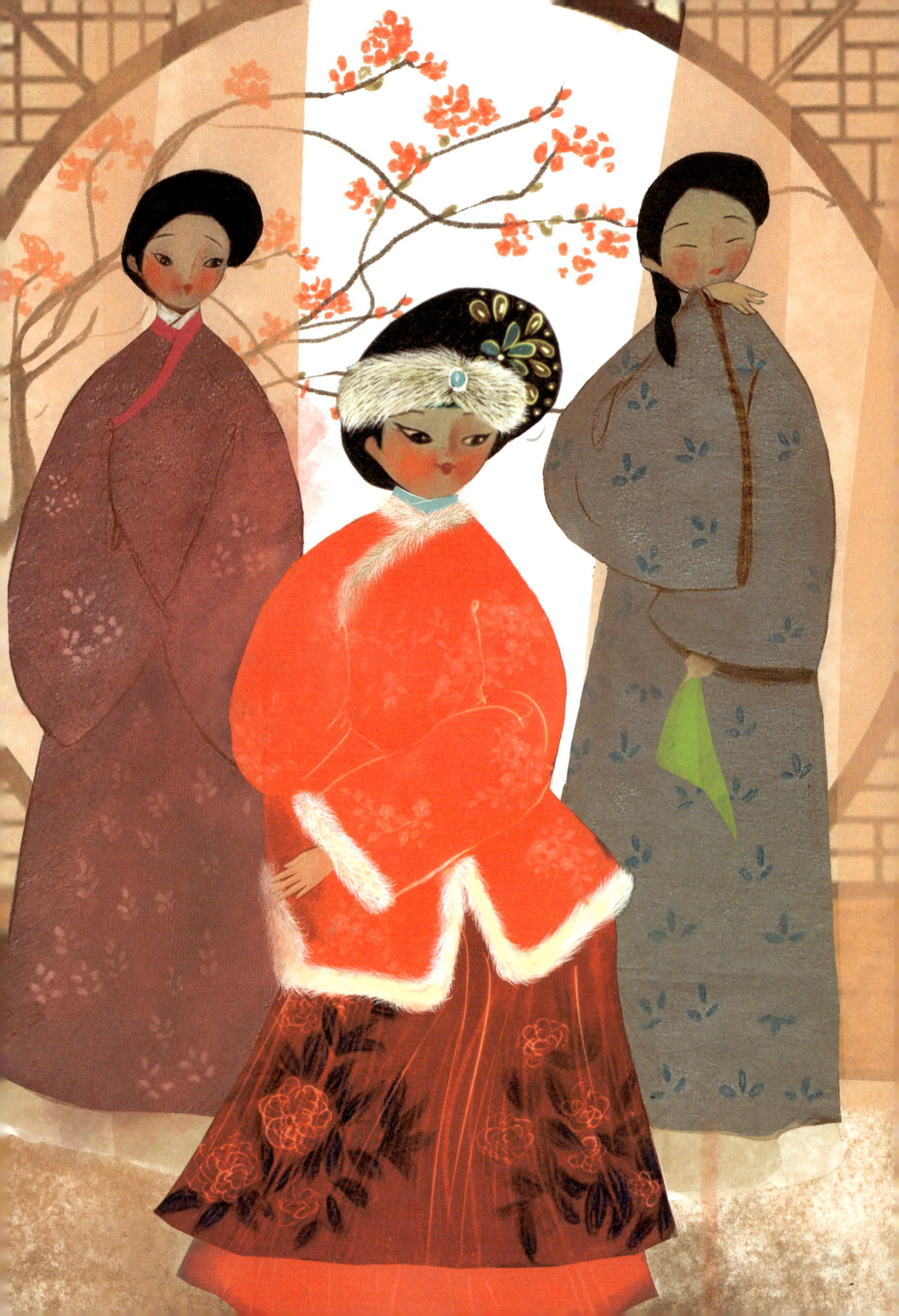

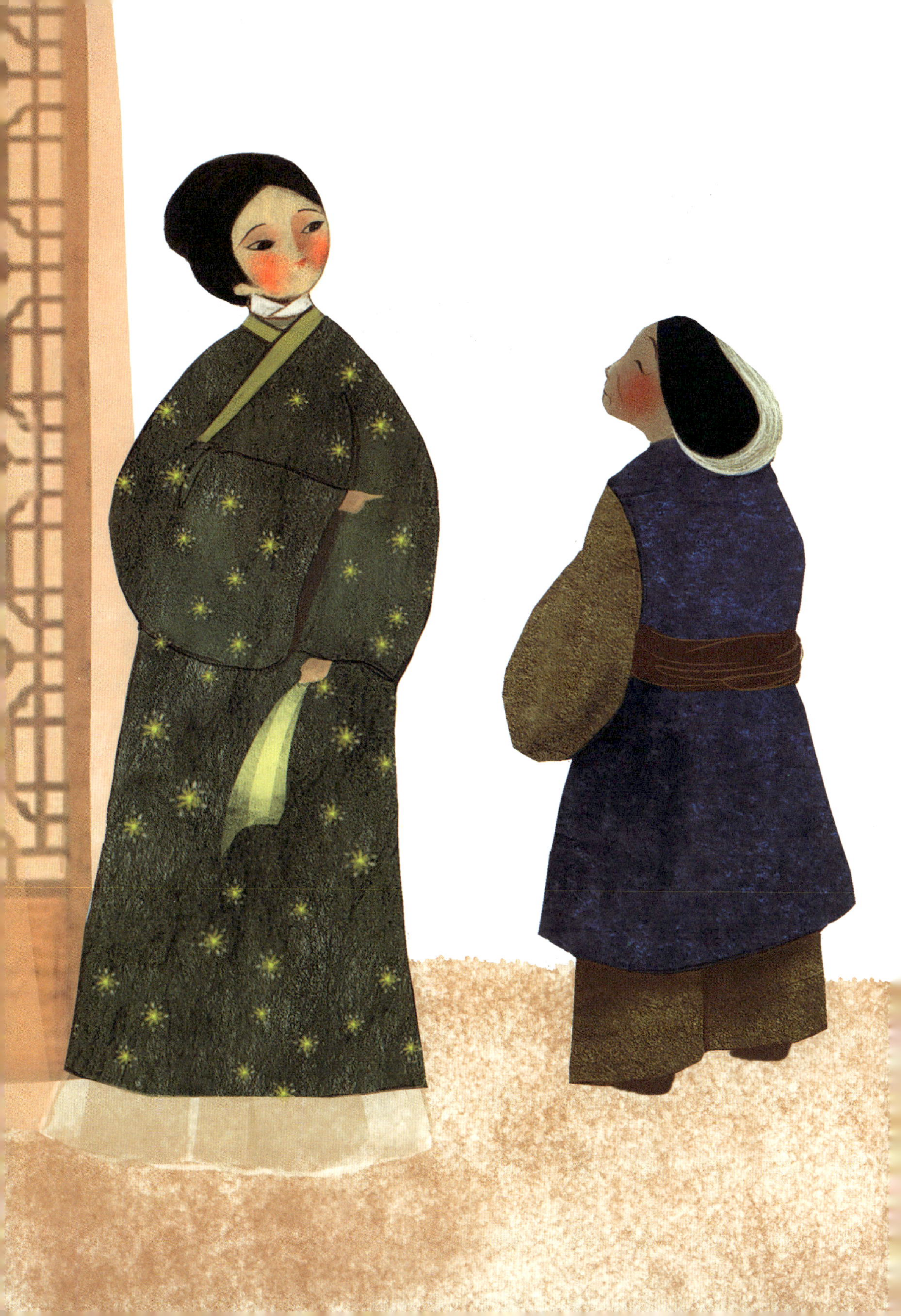

王夫人当时不在屋里,而是去了薛姨妈住的梨香院。周大娘来到院门前,看见两个丫鬟正在门口的台阶上玩耍,其中一个是王夫人的贴身丫鬟金钏儿,另一个清秀可人,眉心有一颗米粒大的痣,才刚刚留头。

留头是古代的一种习俗,女孩子小时候是不能留长发的,一般要剃掉。今天这种造型在一些年画里还能看到,就是一个白白胖胖的小娃娃,头顶只有两个发髻(jiū)或者一个冲天髻。等到十岁左右,女孩子才能蓄头发。蓄发是从头顶中间开始,然后逐渐蓄满长发,这叫留头,又叫留满头。

这个丫鬟刚留头不久,可见年龄不大。她就是先前被薛蟠买下来的甄英莲,如今成了在薛姨妈身边服侍的丫鬟。

周大娘轻轻掀帘进了屋,见王夫人和薛姨妈聊得正尽兴,怕打扰了她们,便转头进了里屋。

只见宝钗正一身家常打扮,伏在小炕桌之上,专心致志地描花样子。花样子就是在刺绣之前,把要绣的东西先在绢布或者纸上描画好。她的丫鬟莺儿在一旁服侍,见周大娘来了,赶紧让座,宝钗也放下笔叫了一声"周姐姐",满脸堆笑地请人坐下。

周大娘说道:"姑娘好,这两三天怎么没见你到我们那边逛逛?是不是你宝兄弟又冲撞、得罪你了?"

周大娘这么问,从侧面反映了宝玉对下人很随和,不在乎他们怎么说自己,府里的丫鬟仆人们常拿他开玩笑;以及宝玉时不时就要性子、闹脾气，得罪哪个姑娘都很正常，所以周大娘才这样猜测。

宝钗笑道："您这是哪里话，只因我这几天发了病，要静养，所以没出屋子。"

周大娘忙问："姑娘这是得了什么病？得赶紧请个大夫来认真医治。小小年纪，若是落下病根就不好了。"

宝钗又笑道："别提了，为了治这怪病，家里不知道请了多少大夫，花了多少钱。只是那些药不管多名贵，吃了都不见效。后来亏了有个和尚，说我这病是从娘胎里带出来的一股热毒，告诉我家一个海上方，又给了一包药末子做引子①。说来也奇怪，这方子确实能缓解我的病症。"

宝钗所说的海上方，其实就是指民间传说的秘药仙方。据说，秦始皇和汉武帝都曾派人到海上去寻求长生不老药，他们虽没成功，但这种到海上求仙药的说法却流传下来，从此民间把那些灵验有效的秘方称为海上方。至于那个和尚，正是故事开始讲到的一僧一道中的僧人。

周大娘接着问道："什么方子这么灵？姑娘不妨跟我说说，我记下，若是以后遇见这病，也好告诉别人，行个善事。"

宝钗听完只是摇头，说道："这方子可把人琐碎死了。它需要春天开的白牡丹的花蕊十二两，夏天开的白荷花的花蕊十二两，秋天开的白芙蓉的花蕊十二两，冬天开的白梅花的花蕊十二两。将这四样花蕊于次年春分这一天晒干，然后和上药末子一齐研好。再等到雨水节气②这天，取这天落下的雨水十二钱……"

周大娘闻言忍不住打断宝钗的话，惊叹道："哎呀，这么说来，至少得三年工夫。要是雨水当天不下雨，这药岂不是配不成了？这可怎么办？"

宝钗笑说："只能再等了呗。这还没完，还需要白露这日的露水十二钱，霜降这日的霜十二钱，小雪这日的雪十二钱，把这四样水调匀了，和进之前准备好的药材里，再加入十二钱蜂蜜、十二钱白糖，团成一个个龙眼大的小丸子，盛在旧瓷坛里，把坛子埋在花根底下。发了病的时候，拿出来吃一丸。这吃还有讲究，不能直接吃，而是要取一钱二分的黄柏③，煎成汤，和这药丸一同送下才行。"

周大娘直说："阿弥陀佛，这药方也太复杂了，只怕这药等十年都不一定配得齐。"

周大娘说得一点儿没错，这药一般人很难配成。不过，那和尚本也不是凡人，他有能耐给宝钗看病，自然有能耐助宝钗把药配齐。

宝钗说道："自他走后，接下来的一两年真都巧了，那药真就配好了。如今这味药我也带来了，就埋在院子里那棵梨花树下。"

周大娘又问这药有没有名字，宝钗答道："有名字，叫冷香丸。"

曹雪芹如此细致地写一个药方，自有其用意。简单来说，冷香丸所用的四种花，即白牡丹、白荷花、白芙蓉、白梅花，都是白色的，还都用花蕊做药，白色意味着高洁，花蕊又是一朵花的精华所在，暗指宝钗为人高洁，集四种花的精华于一身，有着牡丹的美貌、荷花的圣洁、芙蓉的静雅和梅花的傲气。

不过，这些药材虽好，却需要经历春、夏、秋、冬四个季节，以及雨水、白露、霜降、小雪四个节气，方可采得、制成，暗指宝钗虽好，但不得不经历四季历练，尝尽世态炎凉。

此外，药丸在制作过程中要加白糖和蜂蜜，这两样东西是甘甜的，可吃的时候却要搭着黄柏煎的苦汤喝，一甜一苦，暗示宝钗日后要尝遍人间甘苦。

这些暗示并不是后人臆测的，而是有一定依据，这里要介绍一个很重要的人物——脂砚斋。脂砚斋是笔名，他的真实姓名我们无从得知，但他和曹雪芹关系十分密切，在《红楼梦》的创作过程中曾从旁出力。

脂砚斋读《红楼梦》的时候，喜欢在原文旁边批注自己的想法。

他的批语主要分为两种：一种暗示作者的身世。比如讲到甄士隐家是在元宵节后遭遇火灾的，脂砚斋就留了批语，说这里头有避讳的东西。后世人一查得知，曹雪芹家当年大约就是在元宵节前被抄家的。

另一种则点明故事里的暗喻。比如冷香丸，脂砚斋就在旁边批道:"历着炎凉,知着甘苦,虽离别亦能自安,故名曰冷香丸。"

除此之外,脂砚斋甚至还能删改小说的内容。比如后文讲到秦可卿时,脂砚斋就在旁边批注:这故事让我很感动,不过我觉得写得有些刻薄,就让曹雪芹都删掉了,原话是"因命芹溪删去"。能让曹雪芹改故事,可想而知,脂砚斋的身份有多重要。

脂砚斋的批语对后人理解《红楼梦》非常重要,现在学者研究《红楼梦》的时候常要参考。也因如此,在《红楼梦》印刷成书的时候,编撰者便把脂砚斋的批语也保留下来,这种保留了批语的《红楼梦》版本被称为"脂本",脂砚斋的批语也被称为"脂批"或者"脂评"。

诗词欣赏

牡丹

写牡丹的诗有很多，其中一首尤为著名，是被誉为"诗豪"的唐代诗人刘禹锡创作的《赏牡丹》。他认为芍药妖娆却无骨格，荷花洁净却少清韵，只有牡丹才是真正的天香国色，花开时名动京城。全诗如下。

赏牡丹　唐　刘禹锡

庭前芍药妖无格，池上芙蕖净少情。
唯有牡丹真国色，花开时节动京城。

识词释义

❶**引子：**有多种含义，一种是宋元各种说唱艺术的第一个曲子的泛称；一种是古典小说开头部分，以引起正文；一种是由此引起彼的事物；在本文中则是"药引"的意思，用以加强药剂效力，将药力引导至相关经络脏腑或病处。　❷**节气：**我国古代根据昼夜长短、中午日影高低等，在一年的时间中定出二十四个点，每一点叫一个节气。文中的春分、雨水、白露、霜降、小雪等都包含在二十四节气之内。　❸**黄柏：**又名黄檗，一种中药，具有清热燥湿、解毒疗疮的功效。

第 2 章 林黛玉收花怄气

且说宝钗介绍完冷香丸和自己的病症之后，周大娘还要说话，就听屋外王夫人在叫自己，她赶紧起身迎了出去，汇报了刘姥姥的事。王夫人本来就不在乎这门亲戚，听后便没说什么。

周大娘遂打算退出去，却听薛姨妈又说道："你且等一下，正好我这里有一件东西，你带走吧。"说着喊道："香菱！"

一个丫鬟走了进来，正是甄英莲。薛家买下英莲之后，宝钗见英莲天真可爱，便给她取了香菱这个名字。

薛姨妈让香菱取来一个精致的锦匣，里头有十二个精致的堆纱花。这种花不是真花，而是用绢布和细纱制成的花。古代绢和纱都比较名贵，因此这种花比真花值钱得多，而薛姨妈的这些还是宫花。

什么是宫花？就是供应给皇宫里的嫔妃宫女们装饰佩戴的

花。要知道，宫里的东西一般人是不能用的，否则就是僭越，要被抓捕治罪。薛家虽然位列金陵四大家族，但还没到能用宫里东西的地步。

那这些宫花是怎么来的？原来薛家是皇商，经营着皇家的生意，替皇宫采买各种物件，得几件宫里的东西也不是什么奇怪的事。

薛姨妈说道："这花留在我这儿也没什么用，今儿你刚巧来了，就把这些花带过去吧。总共十二个，都是宫里头做的新花样。你们家的三位姑娘一人分两个，给林姑娘两个，剩下四个就给凤姐吧。"

旁边的王夫人笑道："留着给宝丫头戴多好，又想着她们。"

薛姨妈回道："你不知道，宝丫头怪着呢，她从来不爱这些花啊粉的。"

王夫人不好再推辞，当下点了点头，让周大娘把这一匣子宫花带了出去。

周大娘出了门，见金钏儿还在门口晒太阳，香菱正笑嘻嘻地走来。她便拉过香菱，上上下下仔细打量了半天，随后笑着告诉旁边的金钏儿："瞧这姑娘的模样，跟咱们东府里的小蓉奶奶有些像呢。"

小蓉奶奶秦可卿是公认的美人，能和她相提并论，可见香菱容貌不凡。

周大娘又问道："你几岁啦？父母在哪儿居住啊？你老家又

是哪儿的啊？"

这一连串的问题，香菱一个也答不上来，她从小就被拐走，怎么可能知道这些呢，当下只能摇头说都不记得了。周大娘和金钏儿听了唏嘘不已。

辞别香菱和金钏儿后，周大娘朝王夫人住处后面的院子走去，打算把宫花分给迎春、探春、惜春三位。近日贾母说孙女们太多，都挤在自己院里住着不方便，便只留下宝玉、黛玉，将这三位小姐迁到王夫人房后的三间小房子内居住。

周大娘顺路先来到三位姑娘的院子，一进院就看到两个丫鬟，一个叫司棋，一个叫侍书，正掀帘子出来。贾府共有四位姑娘，除了迎春、探春、惜春之外，还有元春——这个姑娘后面会讲到。她们各有一个贴身丫鬟，其名字正合"琴棋书画"四个字。

司棋是迎春的丫鬟，侍书是探春的丫鬟，一见她俩，周大娘就知道姐妹俩都在屋内，于是进了房里，把花拿出来，说明缘故，两位姑娘停止下棋，欠身道谢，让丫鬟们收好。

周大娘又问："不知道四姑娘去哪儿了？是不是去老太太那边了？"

四姑娘就是贾家最小的姑娘惜春。周大娘顺着丫鬟们指的方向，去了另一间屋里。

只见惜春正在和一个姑娘一起玩耍。她是个小尼姑，名智能儿。古时候的大户人家都喜欢结交僧人道士，荣国府就结识了一位老尼姑，名净虚师太，智能儿是她的小徒弟。

周大娘上前把花送给了惜春。惜春跟她逗乐道："我刚才还和智能儿说，以后也要剃了头，跟她一块儿去做尼姑。到时候我头上光光的，周大娘，你说这花儿戴在哪儿呢？"

周大娘应付道："四姑娘就别跟我逗闷子①了。"

惜春笑着叫丫鬟入画把花收起来。

周大娘转过来问智能儿："你是什么时候来的？你师父那秃歪剌去哪儿了？"

"秃歪剌"是骂人的话，是古代人对尼姑的恶称。周大娘为什么要骂人？因为她对净虚师太印象不好。这位师太也确实不是好人，后面会讲到。

智能儿回答说："我们一早就来了。师父见了太太，就去于老爷府上了，留我在这儿等她。"

周大娘又问："这个月的香供银子你们拿到了没有？"

古代大户人家为了结交僧道，一般每月要给僧道一些银两，作为对神佛的供礼，这份银子就叫香供。智能儿回答她不知道此事。

为什么要单提这一笔？因为之后净虚师太闹出一场大动静，这里先铺垫一下。她来荣国府不是为了别的，就是为了银子，去于老爷府上大概也是相似的目的。

周大娘又闲聊几句后，就向王熙凤的住处走去，打算把她的那份宫花送到。她在王熙凤那儿又会有什么样的遭遇呢？此外，从前面的描述中可以看出，三位姑娘性格的差别很大。迎春、探春好静，爱在屋里下棋。惜春心直口快，都能拿出家当尼姑这种事开玩笑。

之所以有这种差别，有一个原因是这三姐妹并不是亲姐妹。贾迎春是荣国府大老爷贾赦的女儿，贾探春是二老爷贾政的女儿，她俩都是在荣国府出生的，从小受到严格管教，所以性格比较沉稳。

而贾惜春却不一样，她是宁国府老爷贾敬的女儿，跟在宁国府管事的老爷贾珍是兄妹。宁国府人丁不旺，没多少女性玩伴，再加上惜春的母亲死得早，于是便把惜春送到了荣国府，和两个堂姐妹一起生活。虽然姐妹间关系不错，但惜春终究是住在别人家里，性子上稍显孤僻，不常和两个姐姐一起玩。

接着说周大娘送花的事。到了王熙凤的住处，周大娘被拦住了，一个小丫头向她摆手，让她去了东屋，里面奶娘正拍着王熙凤的女儿巧姐睡觉。周大娘听见那边屋里传来贾琏的声音，当下明白了王熙凤夫妻俩在说亲密话。

此时平儿进来了。周大娘说了前因后果，平儿当下从匣子里取出四个花，叫来另一个丫鬟彩明，分出两个说："你送到宁国府去，给小蓉奶奶戴。"

平儿考虑得很周全，知道给宁国府的秦可卿送花做人情。她不需要跟王熙凤商量，从这里能看出平儿平时深得王熙凤信任，有些事可以替王熙凤做主，同时不用担心主子问罪，主仆关系十分融洽。

到现在为止,十二个宫花已经送出去了十个,就剩下黛玉的那一份没送。很快,周大娘便进了贾母的院子。黛玉正在宝玉屋里投入地玩九连环。

九连环是我国古代的一种智力玩具,一般用金属丝做成一个狭长的方圈,在方圈上套九个圆环,这九个环可以解下、套上,玩法繁复,全部解开九个圆环才算赢。

周大娘笑吟吟地走进去,说道:"林姑娘,姨太太让我送花儿来了。"

宝玉抢先迎上来问道:"什么花儿?拿来我瞧瞧。"

话音未落,宝玉便把一个宫花取了出来,拿在手里看了看。

只是宝玉热情,黛玉却显得有些冷淡,只就着宝玉的手看了一眼,便问周大娘:"这花是单送我一个人,还是别的姑娘们都有呢?"

周大娘没多想,当即回答道:"各位姑娘都有了,这两个是林姑娘的。"

说者无心听者有意,黛玉的脸色立刻变得难看起来,冷笑着说:"我就知道!别人不挑剩下的,也轮不到给我。"

前文讲过,黛玉格外敏感,比较在乎别人对自己的看法,归根结底是因为她孤身来到荣国府,无依无靠,非常没有安全感。送宫花的顺序,在她看来代表着府上的亲疏关系,别人都有了,自己最后一个拿到,她就觉得自己是外人,于是怄气了。

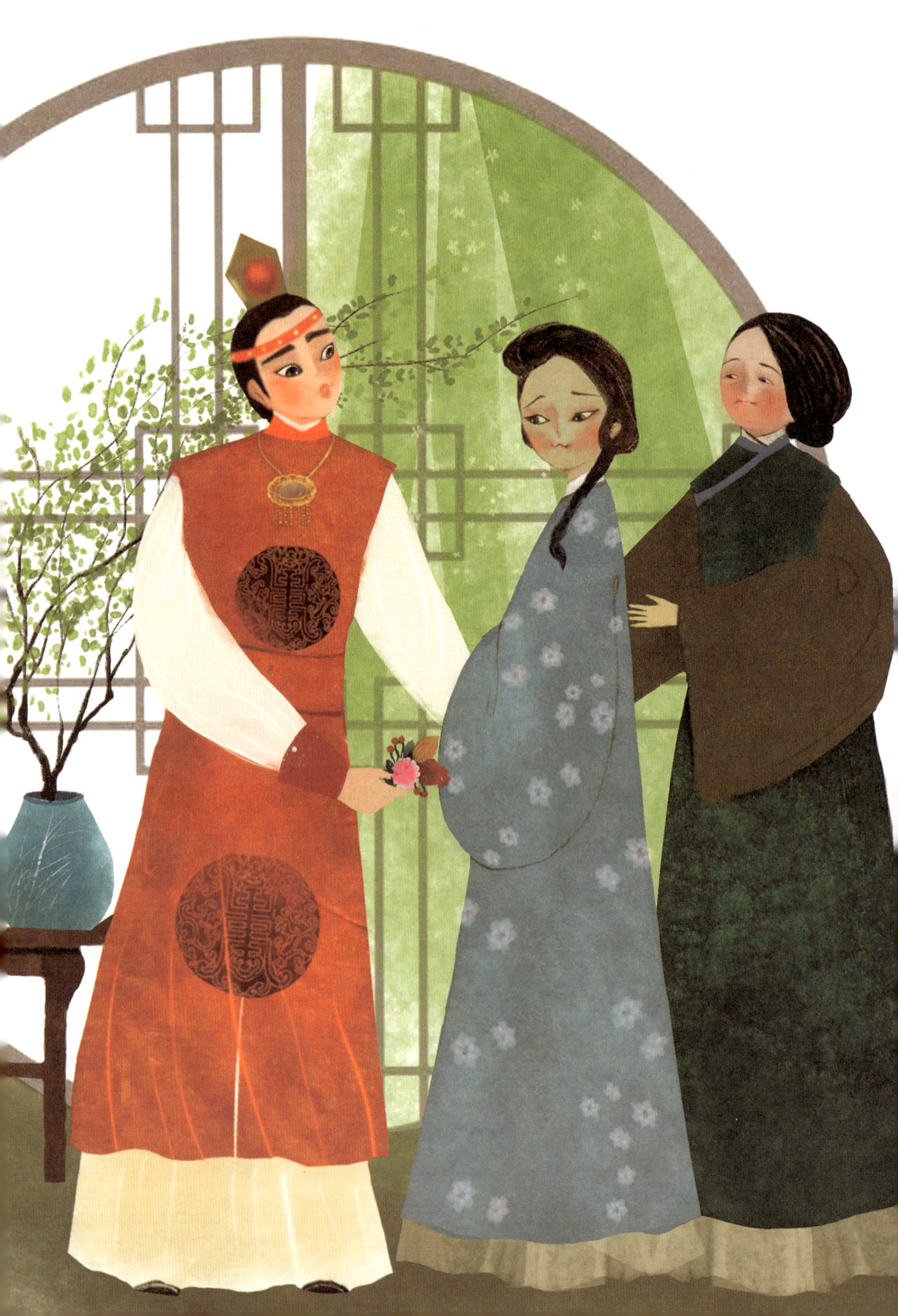

眼见黛玉生气，周大娘也不敢多言语，生怕再惹到这个敏感的姑娘，屋里的气氛一度十分尴尬。

还是宝玉反应快，他赶紧岔开话题，问周大娘："周姐姐，如此说来，你到梨香院去了？你去那儿干吗？"

周大娘忙回答说："太太在那儿呢，我去回太太的话，姨太太就让我顺便带上了这些花。"

眼看话题又要扯到花上，宝玉又往别的方向聊："宝姐姐在家做什么呢？怎么这几天都不见她过来？"

周大娘答道："宝姑娘这几天病了，身子不大好。"

宝玉听了，叫来丫鬟们，说道："你们谁过去看看，就说是我和林姑娘派过去的，问一问宝姐姐是什么病，现在吃的什么药。按理说我该亲自去看的，就说我才从学堂里回来，有点儿着凉，改天身体好了，再亲自登门问姨妈和姐姐的安。"

宝玉一改以往不顾礼法、不受拘束的做法，像换了个人似的，说话做事都很周到，不仅岔开话题缓解了尴尬，还在打发丫头去探望宝钗的时候捎上了黛玉，替黛玉做人情。这份机灵颇有王熙凤的风采。

丫鬟茜雪答应过去，周大娘随即告退，这送宫花的差事总算是完成了。不过这事办完了，别的事还没完，因为周大娘在进宝玉屋里前碰到了自己的女儿。

"妈，我在家等你都等烦了，就来这里先给老太太和太太请安了。我那丈夫、你那女婿前几天因为喝酒跟人吵起来了，本来这也不是大事，结果有人煽风点火，跑到官府告了他一个来历不明的罪名，要官府把他押解回乡。我来府上求助，你看这事可以求求太太吗？"

在古代，一个人的户籍很重要，朝廷按人头收取赋税，对籍贯管理严格。一个人如果被告来历不明，就是犯了罪，官府要查实他的出身，把他押解回原籍。

周家这个女婿之前出现过，他就是古董商冷子兴。他对贾府了如指掌，不仅能明确说出贾府里每个老爷少爷的身份，还看出贾府有衰败的趋势，正因为他是周大娘的女婿。岳父岳母都在贾府里当差，贾府里有什么人、出了什么事，父母少不了要跟女儿女婿讲讲，冷子兴的消息就是这样来的。

所谓背靠大树好乘凉，荣国府势力大，只要他们愿意出手相助，周家的官司就能解决。

听完女儿的话，周大娘一点儿也不紧张。对于荣国府的人来说，这种小官司司空见惯②，很好处理。薛家连人命官司都能糊弄过去，贾家处理冷子兴的官司更不在话下。

她告诉女儿："这有什么大不了的，你且回家等着，我送完花就回去。这会儿太太和二奶奶也没空处理。"

晚上，周大娘抽空去求王熙凤，后者很快就安排好了。

周大娘只是贾府的一个仆人，其女婿犯了事，荣国府都能包庇，可见豪门大族在官府面前有多蛮横。

荣国府如此荣华，如此富贵，实际上都建立在对百姓的欺压上。这也是《红楼梦》背后隐藏的东西,光彩照人的表面背后是黑暗残酷的现实。

诗词欣赏

围棋

作为中国传统棋种,围棋一直是人们热爱的陶冶性情的对抗性智力游戏之一。宋代王安石曾作一首短诗,表达自己对下棋的态度。他认为,输赢随缘,人们不应因为游戏扰了心绪,等下完棋白子、黑子都放进匣子里后,哪里还有胜败之说。奁,读 lián,指匣子。枰,读 píng,指棋盘。

棋　宋　王安石

莫将戏事扰真情,且可随缘道我赢。
战罢两奁分白黑,一枰何处有亏成。

识词释义

❶逗闷子: 方言,指开玩笑,东拉西扯地闲聊。　**❷司空见惯:** 意思是看惯了就不觉得奇怪了。司空是古代中央政府中掌管工程的长官,相传唐代司空李绅有一次请刘禹锡喝酒,席间叫歌伎劝酒,刘禹锡见状作诗:"司空见惯浑闲事,断尽江南刺史肠。"

第3章 惺惺相惜两公子

接下来的故事要从荣国府内的一件小事讲起。

周大娘送宫花的那天，王熙凤收到了尤氏的邀请，请她第二天去宁国府走走，亲戚之间串个门。这是非常平常的事。次日一大早，王熙凤梳洗完了，就先后向王夫人和贾母请安和辞别。宝玉听说了，吵着也要过去。王熙凤很宠宝玉，就把他带上了，两人一起来到宁国府。

贾珍妻子尤氏和贾蓉媳妇秦可卿早早就在仪门①等候，见王熙凤和宝玉到了，赶紧上前迎接。

按辈分，尤氏和王熙凤是平辈，王熙凤该叫尤氏一声大嫂。不过由于两人很熟，相互之间不讲究什么礼仪，众人来到上房之后，王熙凤就开玩笑说："你们请我过来做什么，可是有什么好东西要孝敬我吗？有就快点拿上来吧，我还有别的事呢。"

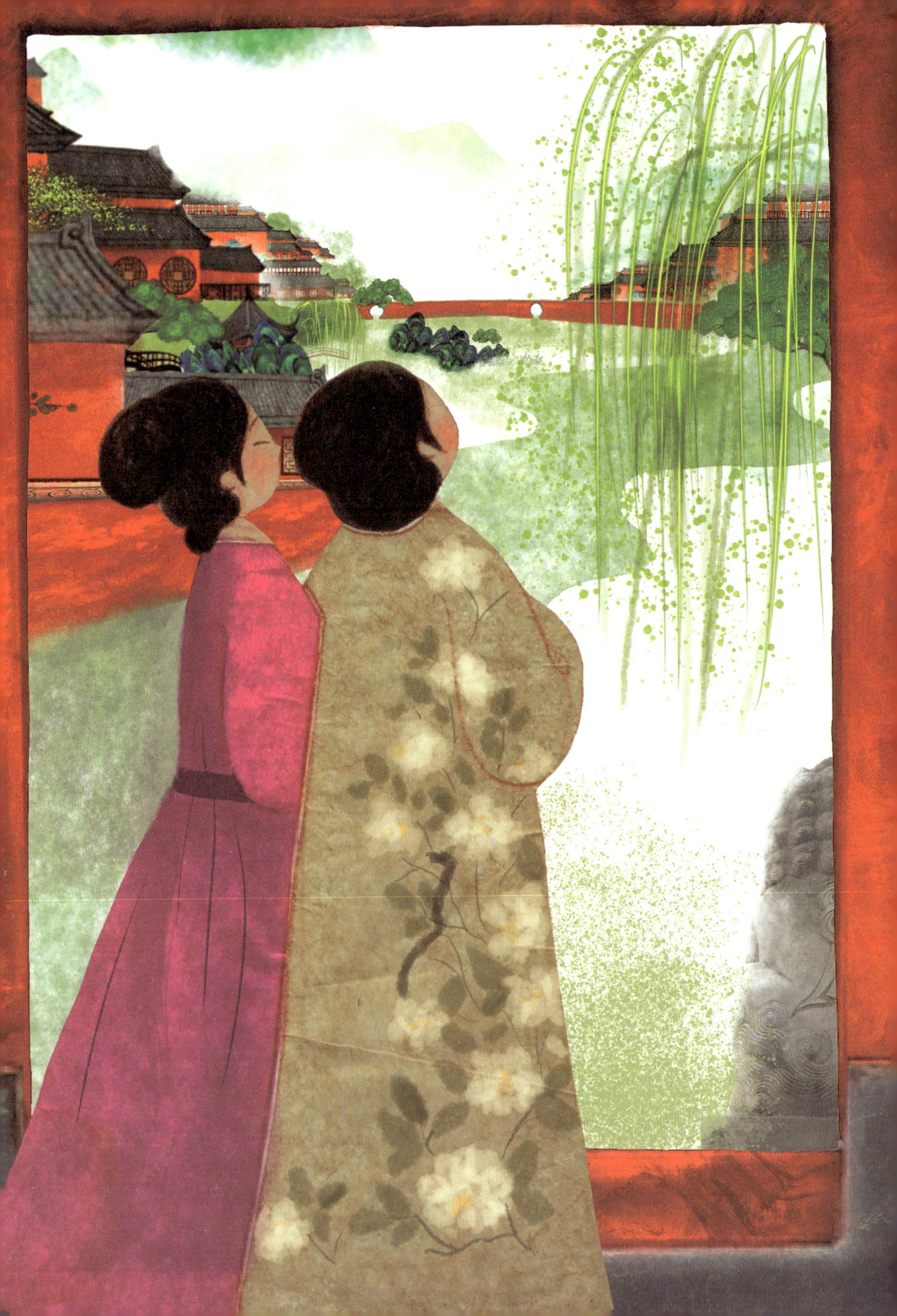

尤氏还没来得及回嘴，身边的几个小媳妇就替她说了："二奶奶，你今天若是不来便罢，既然来了，就由不得你老人家了。"

客随主便，既然来了，可不是要听主人家安排嘛。当下几人开始闲聊，说一说最近的家长里短、奇闻逸事。正聊着，贾蓉从外面进来请安。贾蓉辈分比较低，他管王熙凤叫婶子，管贾宝玉叫叔叔。

见贾蓉来了，宝玉终于有个能聊天的人了，上去就问："大哥哥今天不在家吗？"

宝玉所说的大哥哥就是贾珍。尤氏接话道："你大哥哥今天出城向老爷请安去了。"

这里说的老爷指贾珍的父亲贾敬。前文讲过，贾敬不爱功名，虽中了进士，但晚年一心求道，常年住在城外的道观，和道士们生活在一起。按照家族地位来说，贾敬是贾家的族长，可他平日里从不过问宁国府和荣国府的事，而是让儿子贾珍当代理族长。

贾珍去哪儿了宝玉其实并不关心，他只是闲聊。尤氏见宝玉不再说话，就问道："你在这儿也怪闷的，何不出去逛逛？"

一旁的秦可卿随即笑道："今天巧了，我那兄弟过来看我，正在书房里闲坐，上回宝二叔说想见他，何不瞧瞧去？"

宝玉当即表示要去见一见。秦可卿的话引起了王熙凤的注意。

"既然你兄弟来了,何不干脆请过来让我也见见呢。"

这里有一事要提,秦可卿和她兄弟并不是一母所生,这事很多人不知道。

尤氏见状开起玩笑:"还是别了吧,人家从小斯斯文文的,没见过你这样的泼辣货,要是见了你,指不定该怎么笑话你呢。"

王熙凤笑道:"笑话我?我不笑话他就算了,他还敢笑话我?"

贾蓉也为其开脱:"婶子,他生得腼腆,没见过大阵仗,你要是见了他这怯场的样儿,说不定要生气呢,还是算了吧。"

王熙凤闻言,不客气地笑骂道:"别在这儿扯淡了!赶紧带来给我瞧瞧,再不带来,我就打你一顿嘴巴。"

这话当然也是开玩笑。之前贾蓉找王熙凤借屏风的时候,她就说过类似的话,颇有几分无赖的派头。贾蓉滴溜着眼,只好出去把秦可卿的兄弟带来。

没过多久,一个年轻后生来到王熙凤等人面前。他一进门,就把屋里的人惊艳了。原著中说他比宝玉略瘦,眉清目秀,粉面朱唇,身材俊俏,举止风流,似比宝玉更胜几分。不过帅归帅,正如贾蓉说的那样,他有点腼腆,来到众人面前后羞怯忸怩,声如蚊蚋(ruì)。

王熙凤笑着推了身边的宝玉一把,说道:"你啊,被人家比下去啦。"接着探出身子,攥住小兄弟的手,把他拽到自己身边坐下，开始问他姓甚名谁，多大年纪，在哪儿读书，得知他叫秦钟。

王熙凤这边问着话，那边她带着的丫鬟们就忙了起来。王熙凤算秦钟的长辈，第一次见面，长辈是要给晚辈准备一份礼物的，不然就失礼了。然而王熙凤今天来宁国府串门，没有随身携带礼物。好在丫鬟们懂事，当下就有人去通知平儿。

平儿素知王熙凤与秦氏交情甚密，便让人取了一匹尺头、两个小金锞（kè）子作为礼品。尺头是绸缎布料的一种说法，金锞子则是指不规则的小金锭，一般由散碎的黄金铸造而成，上面多刻有一些吉祥图案或话语，一般当作收藏品，很少拿出来使用。

平儿办事靠谱，她选的两个金锞子上都刻着"状元及第"的图案，对秦钟这样的年轻人来说，这种祝福最合适。

给完见面礼后就快到饭点了，尤氏命人安排宴席。吃过饭后，王熙凤和尤氏等人一块儿玩起了一种名叫骨牌的游戏，跟现在的麻将差不多。

屋里只剩宝玉和秦钟二人独坐。宝玉这会儿心情复杂，他向来对男子很嫌弃，说男人是泥做的、浊臭不堪，可眼前的秦钟比自己出众，举止优雅。他不禁有点怅然若失，心想："天下怎么会有这样的人物？和他一比，我竟成了泥猪癞狗了！"宝玉并不嫉妒秦钟，他是羡慕，懊恼自己没能早点认识秦钟。

这厢，秦钟见了宝玉，也觉得宝玉相貌出众、举止不凡，再加上他身穿金冠绣服，一身富贵气派。秦钟就想："怪不得之前姐姐老夸他，确实一表人才，可惜我生在清寒之家，没机会和他交厚。"可知'贫窭（jù）'二字，真是限制人，乃世上大不快之事。

两人可谓惺惺相惜。其中宝玉想得更深刻一些，他开始反思自己的处境："可恨我生在侯门公府，没能早点儿认识他。我虽然比他尊贵，一身的绫罗绸缎，但这些东西裹着的却是我这样的朽木。我虽然天天吃的是羊羔美酒，但这些东西填满的却是我肚子里的粪窟泥沟。说到底，'富贵'二字，真真把我荼毒②了。"

两人在屋里一起胡思乱想，一时无言。后来宝玉问秦钟平时读什么书，秦钟据实回答，很快两人越聊越亲密。接着，丫头们捧上水果和茶，宝玉便让她们摆在里屋，他要和秦钟在小炕上聊。

此时秦可卿进来关照一番，她叮嘱宝玉："宝二叔，你这侄儿年轻，不太懂事，若是言语上冒犯了你，你可得看在我的面子上，别太计较啊。"

宝玉笑道："你就放心吧，我知道了，我们俩聊得来。"

秦可卿又嘱咐了自己兄弟一番，才出去陪王熙凤她们了。

她走后，宝玉问秦钟："你最近在哪儿读书啊？"

秦钟回答道："我本来在家附近的一个学馆里读书，只是去年我的授业恩师有事，把学馆关了。我爹年纪大了，身体不好，再加上公事繁忙，也没来得及给我另外请位老师，所以我现在自己在家胡乱读点东西，温习旧课。"

说到这儿，秦钟顿了一下，对自己没能在学堂读书有点惭愧，补充道："不是我不爱读书，而是常言说得好，读书得有伴，大家一起讨论书里的内容，才能有进益，把书读好——"

结果他话还没说完，宝玉就兴奋地说道："我们家有个家塾，我们可以一起读书。"

一向不喜欢读正经书的宝玉，此刻一反常态，要跟秦钟做伴去学堂读书，岂不怪哉。只见宝玉说道："我们家的家塾教的都是族中的子弟。之前我没怎么好好读，一来是因为我身体不好，病了一段时间，不方便跟着先生学习；二来是因为我祖母说家塾里子弟太多，要是聚到一块儿的话，怕大家淘气捣蛋，反而不利于学习。现在好了，你来跟我做个伴儿，我们一块儿学习，相互帮助，岂不是好事？"

秦钟高兴地答应了。两人一拍即合，很快做出决定，秦钟回家禀告父亲，宝玉回家禀告贾母。

这会儿天已经黑了，二人商量完后来到众人打牌的屋子，见王熙凤一脸笑容，原来是赢了钱。几个人一算账，王熙凤赢得太多，尤氏和秦可卿不太方便直接给钱，毕竟亲戚串门还给金银就俗了，所以约好改天她俩再开场宴会，请王熙凤来吃一顿。

眼看天色晚了，秦钟先行告辞。尤氏便命人备车，送秦钟回家。只是传了半天，也没安排妥当，尤氏问道："派了谁去送秦哥儿啊?"

媳妇们有些为难地说:"回太太,外头安排了焦大去送。谁知道焦大又喝醉了,在那儿大骂不止,现在还没出发呢。"

焦大是宁国府的老仆人。尤氏和秦可卿听到是他,脸色都变得有些难看,问道:"你们派他干吗?府里那么多仆人,派谁不行?偏偏要招惹他。"

王熙凤身为荣国府总管,将府内大小仆从管理得井井有条,见宁国府连个仆人都管不好,不屑地说道:"我成天说你太软弱了,你还不服,你瞧瞧,一个小小的仆人都敢喝醉骂街,这还了得?你也不好好管管。"

尤氏解释道:"你没听说过焦大吗?不是我不管他,而是连府里的大老爷和你的珍大哥也不敢管他。这老头年轻时候跟着老太爷上过战场,从死人堆里把老太爷扛了出来,救了老太爷一命。战场上没吃的,他就偷了东西给老太爷吃,自己挨着饿。两天没水喝,他搞来了半碗水,都给老太爷喝了,自己靠喝马尿活了下来。"

尤氏说的老太爷就是宁国公,是贾府第一代老爷。当年贾演靠着战场上立下的军功,换来了宁国公的爵位,与弟弟荣国公一起开创了贾府的家业。可以说,焦大对贾家有救命之恩。

如今焦大已七八十的年纪,还是府里的仆人,晚上赶车送人这种苦差事还要安排到他头上,难怪他骂宁国府忘恩负义。

尤氏接着抱怨道:"焦大仗着这点功劳情分,祖宗活着的时候都对他另眼相看，如今谁又敢难为他啊。焦大如今老了，也不顾体面，天天喝酒，无人不骂。我常跟管事的人说，你们不要给他派差事，权当他死了就完了，结果今天又派给他，这不是惹事嘛。"

王熙凤出主意说："既然这么难办，你们把他打发到城外的田庄上不就好了？"

尤氏心知焦大没那么好打发，不过她也没反驳王熙凤，毕竟这是自家的事。

此时王熙凤起身拉上宝玉，打算就此告辞。结果他们的车才出来，正好碰上正在骂街的焦大，他已将宁国府上下骂了个遍。

焦大趁着酒兴，先骂安排他干活的大总管赖升，说他不公道，欺软怕硬，有了好差事就派别人去，半夜三更送人的差事偏偏安排给他。

焦大骂得很难听，贾蓉正送王熙凤的车出来，见婶子脸色不好看，面儿上也有点挂不住，忍不住上前喝止，却不想焦大正在兴头上，根本停不下来。

"蓉哥儿！你别在我焦大面前装什么主子！别说是你，就算是你爹、你爷爷在我焦大面前也不敢挺腰说话！要是没了我，你们现在当得了官？享得了荣华富贵？我跟你祖宗一块儿九死一生，挣下这份家业，你们可好，到如今不说报我的恩，反倒在我这儿装起主子来了！你今天要是不跟我说还好，你若再装

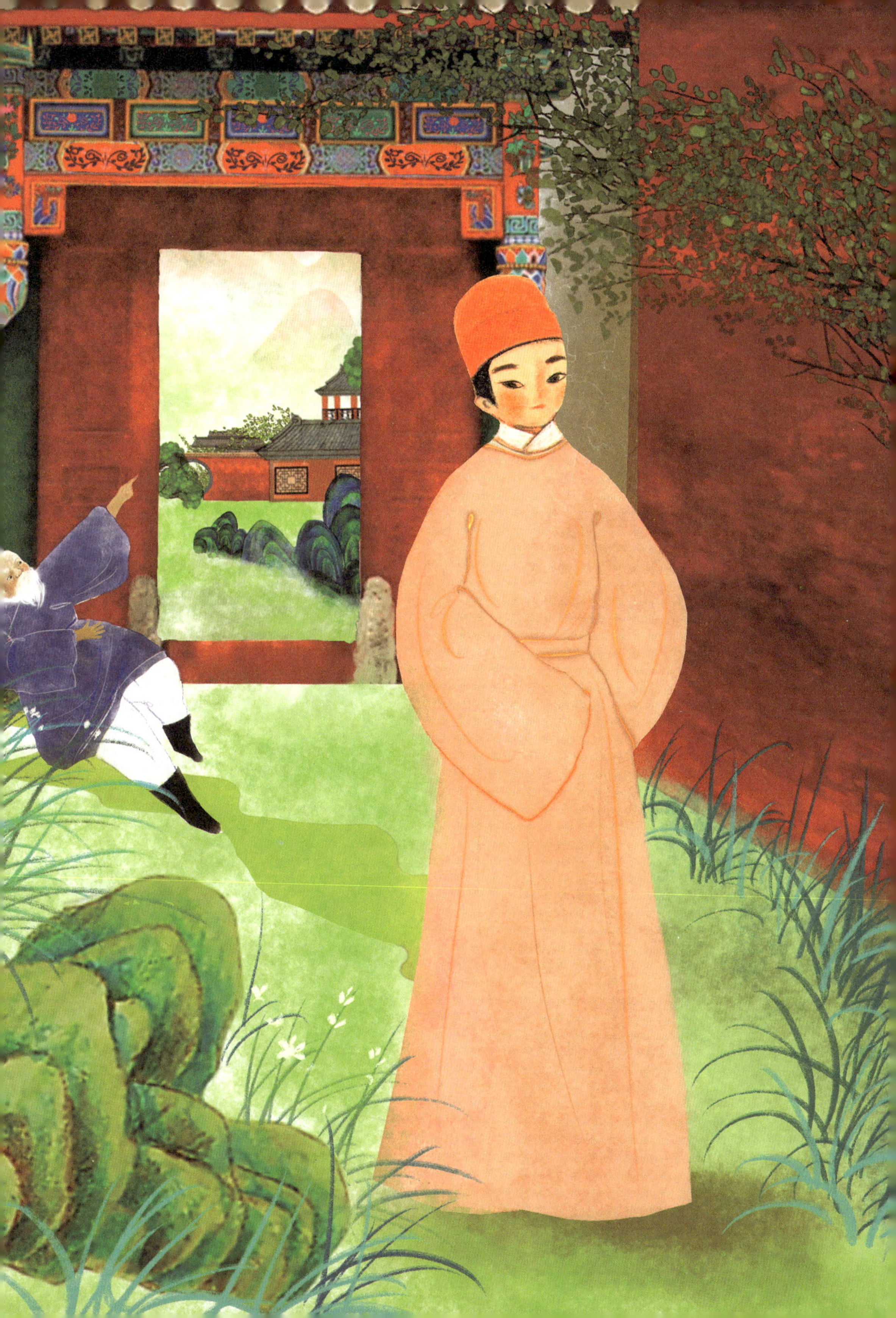

相③，就别怪我不客气，跟你拼命！"

如此不成体统，王熙凤忍不住告诉贾蓉："还不早点打发了这个没王法的东西！若是被人知道了这事，岂不是要笑话咱们贾府连规矩都没有吗？"

贾蓉不敢怠慢，答了"是"，一帮家仆见状把焦大往马厩里拖。

焦大见这帮人真的动手，心里更难受了，嘴上不停地喊着："放开我，放开我！我要到祠堂④里哭太爷去！太爷当年何等人物，谁知道竟然生下你们这些畜生！你们干的那些脏事，我什么不知道！你们再逼我，我都给你们抖搂出来！"

众仆人都急了，忙把焦大捆倒在地，拿起马粪和泥土往他嘴里塞。

至于焦大为什么骂街，鲁迅先生有过一段精彩的描述。他说焦大之所以要骂，不是他要打倒贾府，让贾府的老爷少爷受到惩罚，恰恰相反，焦大骂街恰恰是为了贾府好，他看不惯宁国府的现状，希望能把老爷少爷骂醒，让他们重回正轨。

焦大的故事暂时讲到这里，这位老仆人虽然遭到了迫害，但宁国府的人还是对老祖宗有几分敬畏，没敢直接赶走焦大，后面这位老仆人仍有出场的机会。接下来，我们继续从宝玉讲起，讲一讲传说中的金玉良缘是一段怎样的故事。

诗词欣赏

贫窭 即贫穷。出自《诗经·邶风·北门》，原句的意思是，我走出北门，忧心忡忡，忧伤不已，家里寒碜又贫困，没人知道我的艰辛。殷殷，有殷切或忧伤深重之意。原文如下：

出自北门，忧心殷殷。
终窭且贫，莫知我艰。

识词释义

❶**仪门：** 指官署、宅邸大门内的第二重正门。 ❷**荼毒：** 指毒害。其中"荼"是一种苦菜，"毒"是指有毒的虫或蛇等。 ❸**装相：** 指装模作样。形容某人故意装出某种样子给人看。 ❹**祠堂：** 一般指祭祀祖宗或先贤的庙堂。在这里指同族的人共同祭祀祖先的房屋。

第4章 金锁玉石巧结缘

回到府上之后,宝玉说了想和秦钟一起读书的事,王熙凤也在一旁帮腔。难得孙儿打起精神要读书,贾母甭提有多高兴了,当即派人去安排,读书这事就算是预备下了。

接着王熙凤请贾母一同去宁国府看戏,后日尤氏又派人来请,老太太在兴头上,就带着荣国府大小人等一起去了。但贾母年纪大了,到晌午便要回府休息,宝玉作为孝顺的孙儿,就陪着先回来了。

等老太太睡下之后,宝玉本来打算再回宁国府去,继续跟黛玉她们一起看戏。但他转念一想,自己再过去的话,恐扰得尤氏和秦氏又得到门口迎接,又想到宝钗近日养病,他还没去探视过,便意欲过去一趟。

宝玉一路来到梨香院,路上遇到好几拨人,闲聊了几句。

眼下正是冬天，天气寒冷，薛姨妈见宝玉冒着严寒来看望自己，别提多高兴了。

她一把搂过宝玉，说道："我的儿，难为你还想着来看我，快上炕坐着！"

宝玉颇懂礼数，先向姨妈问好，然后又问哥哥薛蟠在不在家。

薛姨妈忍不住叹了口气，告诉宝玉："你那哥哥啊，是匹没套笼头的马①，天天在外面胡混，哪儿肯在家待着啊。"

宝玉知道不能再往下问了，于是岔开话题："姐姐的身体这些天怎么样了？"

薛姨妈回道："还好还好，你姐姐就在里间呢，里间暖和，你去那儿坐会儿吧。"

宝玉便来到了宝钗的房内。一进屋，只见宝钗穿着一身蜜合色的棉袄，葱黄绫子的棉裙，颜色看起来半新不旧的。这一身穿戴，在普通人眼里够漂亮了，但在宝玉这种富贵公子看来，却是不见奢华，显得格外淡雅。

宝玉顿时对宝钗多了几分好感，这几天他净跟在王熙凤左右了，看的都是大红衣裙、珠光宝气的造型，突然看到朴实淡雅的装束，实在是心情舒畅。

宝钗此时正在认真地做针线活。上次周大娘来的时候，宝钗在那儿描花样子，几天过去，她已拿起针线绣花了。书中前后是有照应的。安安静静的宝钗看起来藏愚、守拙②，一派

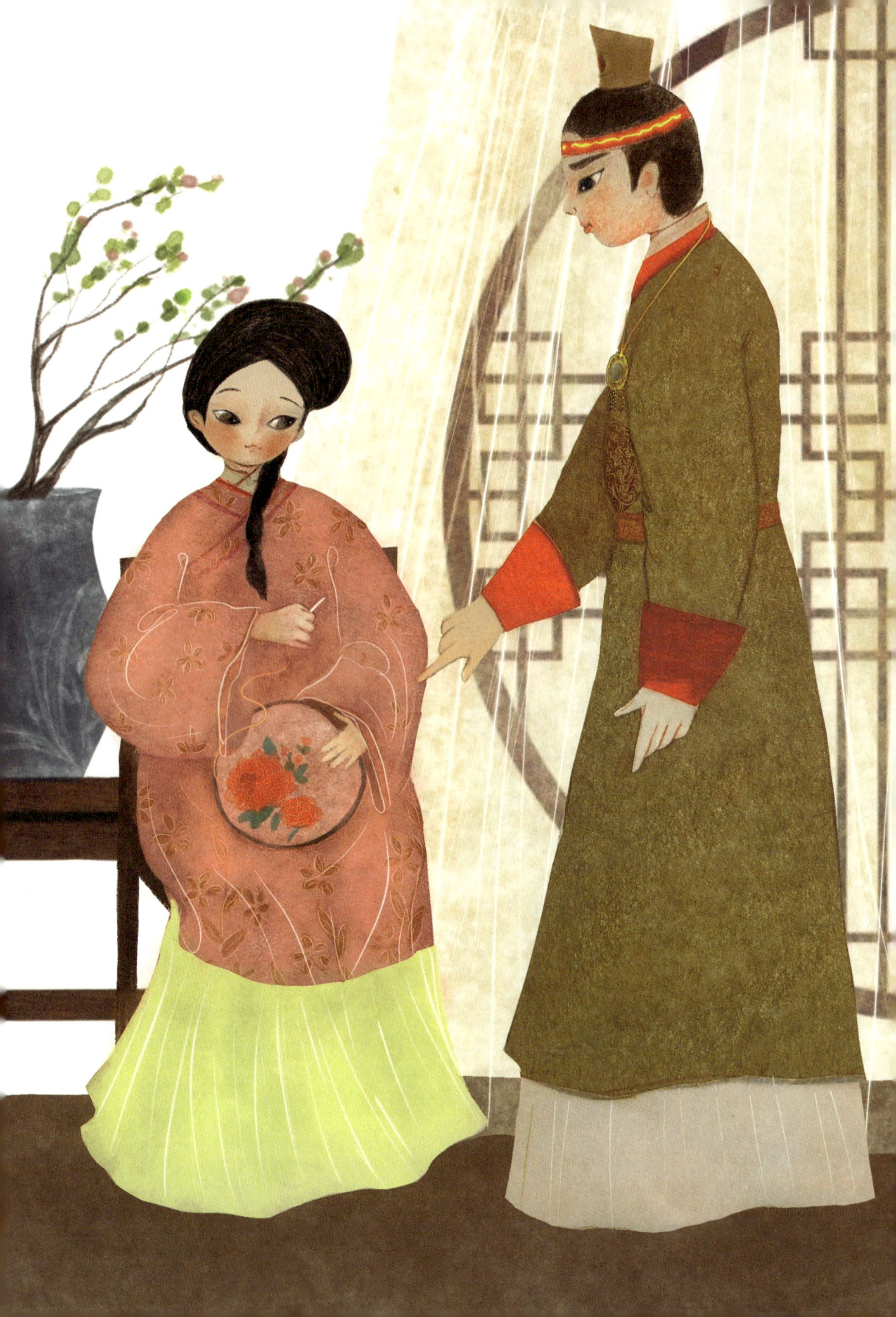

娴雅。

宝玉问道："姐姐身体可痊愈了？"

宝钗这才注意到宝玉来了。她连忙起身，脸上挂起笑容，说道："已经差不多好了，多谢你惦记。"

她说着请宝玉坐下，随后又命丫鬟莺儿给宝玉倒茶。等宝玉坐定，宝钗开口，问了老太太身体如何，王夫人身体如何，又问姐妹们怎么样，同时端详着宝玉。

从这里能看出，宝钗和宝玉的关系并不怎么亲密，她对待宝玉的礼数非常周全。

宝钗笑着说道："我进府的时候听说你有一块稀罕的宝玉，不曾仔细欣赏，今天我倒要好好瞧瞧。"

这块稀罕的宝玉，说的自然就是通灵宝玉。宝玉立刻摘下脖子上挂着的玉，递到宝钗手里。

只见这块玉鹌鹑蛋大小，通体晶莹剔透，隐隐发着柔和的光，在玉石的周围缠有五色花纹，别提多精致了。不过玉石本身并没有引起宝钗的注意，反倒是玉石上的几行字引起了宝钗的兴趣。

通灵宝玉的正面刻着"莫失莫忘，仙寿恒昌"八个字，意思是只要别把它丢了或者忘了，就能长生不老。这听着像是一句普通的吉利话，跟福如东海、寿比南山差不多。不过前文说过，通灵宝玉本就是女娲炼石补天剩在大荒山青埂峰下的顽石幻化而成，说不定真有神力。

通灵宝玉的背面刻着三行字："一除邪祟，二疗冤疾，三知祸福。"就是说，这块玉石一可以辟邪驱鬼，二可以治愈疾病，三可以知道祸福吉凶。这也是保佑人身体健康的好话。

宝钗把玉石拿在手里，忍不住把正面的字读了出来，还连读了两遍，好像特别在意。此时丫鬟莺儿停下了手里的事。宝钗抬头见莺儿傻愣着，问道："你还不赶紧倒茶？在这儿发什么愣啊？"

莺儿嘻嘻笑了起来，眼神微妙地说道："姑娘，玉石上的这两句话，和你金锁上的话倒像是一对儿呢！"

金锁是古时候的一种饰品，外表是锁的形状，但比普通的锁要轻，一般也被称为长命锁。这种装饰品通常挂在脖子上，寓意锁住孩子，驱邪避灾，保孩子长命百岁。单从作用上来讲，确实和通灵宝玉背后三行字的意思差不多，都是用来保佑孩子身体健康的。

宝玉一直特别想找到跟他一样有玉的人，他觉得这样才算公平。听到宝钗有能和自己的玉配对的东西，宝玉很兴奋，赶紧凑上来，让宝钗拿给他鉴赏鉴赏。

宝钗是个谨慎的人，怎么能随便说配对不配对的，让人误会了怎么办？所以她一开始没答应宝玉，只说："你别听那丫鬟胡说。"

不过宝玉格外执着，干脆撒起娇来，说道："好姐姐，你就给我看看吧，你都瞧了我的玉了，也该让我瞧瞧你的锁了。"

宝钗只好勉强答应，把藏在棉袄里的金锁掏了出来，递给宝玉，给的时候还说："这东西没什么好的，就是有两句吉利话罢了，天天戴着也挺沉的，要不是家里人非让我戴着，我才不要这么个沉甸甸的东西呢。"

宝玉拿过金锁开始翻看，见金锁的正面反面都有字，每一面四个字，连起来读作"不离不弃，芳龄永继"。"芳龄"是指女孩子的年龄，古时候问女孩的年龄，一般都会问"芳龄几何"。"永继"，就是说永远持续下去。简单来说，这两句吉谶③（chèn）的意思是只要不抛弃这东西，它就可保系挂之人永远平安。

宝玉把金锁上的话念了两遍，又把通灵宝玉上的话念了两遍，笑着说道："姐姐，要说你这八个字啊，和我的还真是一对儿。"

为什么会这么巧？很简单，这几句话都是一个人写的。前文讲过，通灵宝玉本是一块顽石，后来遇到一僧一道两位仙人，才被和尚变成了宝玉，玉上面的字自然是和尚留的。而宝钗金锁上的字亦是如此。

莺儿说道："这八个字是一个癞头和尚送我们小姐的，他说必须刻在一个金器上才行。"

可知，癞头和尚除了给了宝钗冷香丸的药方，还给了这八个字。

此刻的宝玉和宝钗都没想到，过段时间会有人拿这个金锁和玉石上的话做文章，讲出一段金玉良缘的故事。

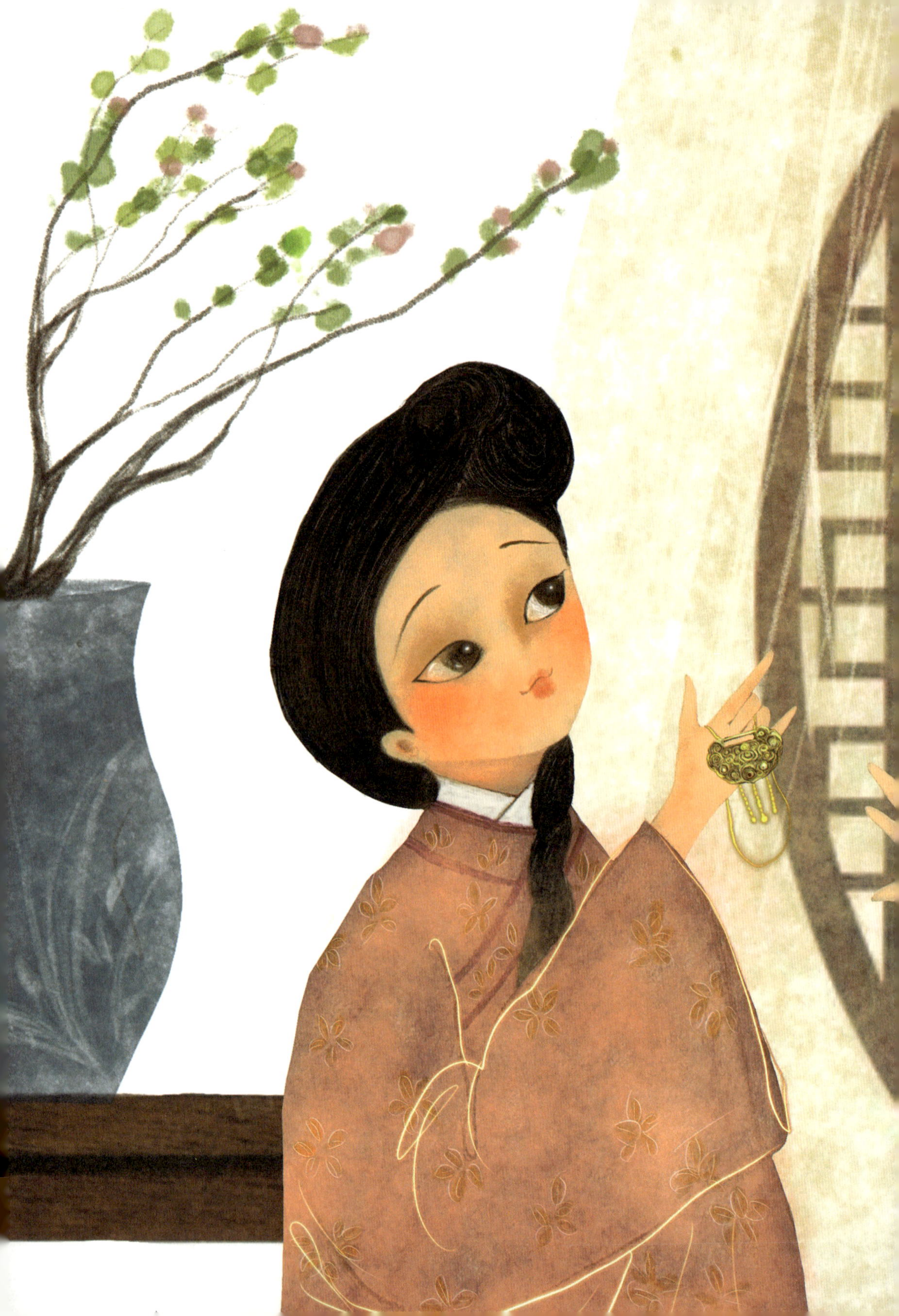

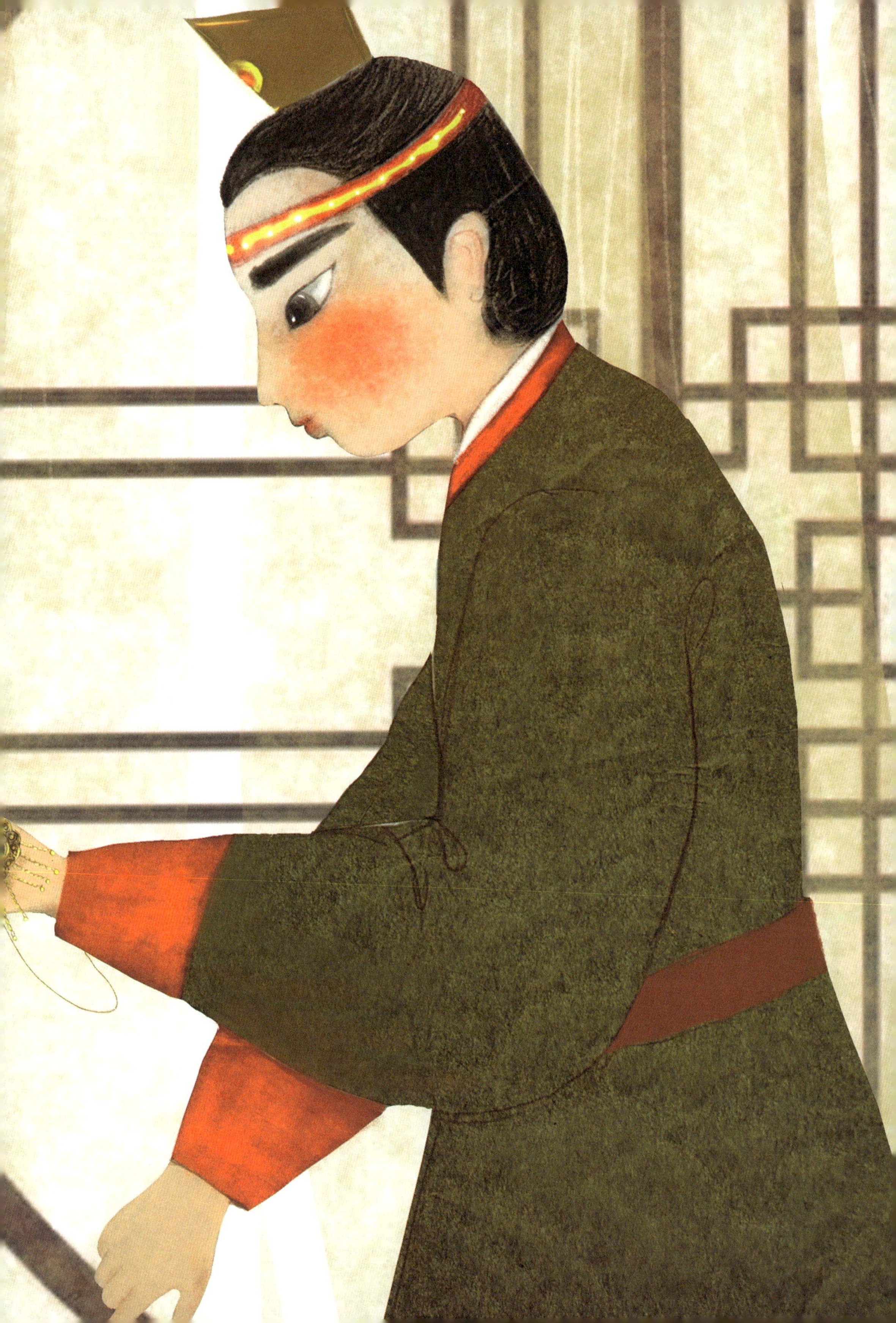

宝玉和宝钗并肩而坐，有说有笑，忽听门外有人来报，说林姑娘来了。话还没说完，黛玉已经撩开帘子走了进来。

见宝玉也在，黛玉当即阴阳怪气地说道："哎哟，我来得不巧啊！"

接下来，三人之间又会有怎样一番言语交锋呢？

诗词欣赏

绣花 古代女子一般都被要求学会做女红，即刺绣、纺织等针线活。唐代诗人胡令能曾作一首七言绝句，赞美女子非凡的绣工。全诗如下。

咏绣障 唐 胡令能

日暮堂前花蕊娇，争拈小笔上床描。
绣成安向春园里，引得黄莺下柳条。

识词释义

❶**没套笼头的马：** 比喻不受拘束的人。笼头是指套在骡马等头上的东西，用来系缰绳。 ❷**藏愚、守拙：** 形容宝钗处事低调，不露锋芒。"守拙"语出东晋陶渊明的《归园田居》："开荒南野际，守拙归田园。" ❸**吉谶：** 指吉利、吉祥的话。谶，迷信的人认为将来会应验的预言、预兆。

第5章 遇误会黛玉吃醋

见黛玉走进来，宝玉急忙起身让座。

宝钗问道："妹妹怎么这么说？"

黛玉瞥了宝玉一眼，说道："早知道他来，我就不来了。"

宝钗明白林妹妹看她和宝玉太亲近，心里不舒服了。不过她也没法解释，解释反而显得自己心虚，所以只能装着听不懂黛玉的话，问道："妹妹这是什么意思啊？"

黛玉也不能明说自己吃醋了，只能另作解释，说道："来呢就一起来了，不来就一个也不来。我俩要是把时间错开，今天他来，明天我来，这天天都有人来探望姐姐，既不太热闹又不太冷清，不是很好吗？"

宝钗和黛玉都是揣着明白装糊涂，宝玉就不一样了，他是真糊涂，完全没明白两个姑娘的言外之意。他看黛玉身上披着一件大红色的绸缎对襟褂子，问道："这会儿下雪了吗？"

黛玉还没答话，一旁就有仆人回答说："下雪了，这都下半天了。"

宝玉一听，立即命令下人去把斗篷取来。

黛玉闻言，对宝钗说道："姐姐你看，我没说错吧，我来了，他就要走了。"

宝玉笑着回道："我什么时候说要走了？我只是让人取来斗篷预备着，回去的时候好用。"

这时，李嬷嬷说道："外面正下雪呢，不是离开的时候，还是在这里陪着姐姐妹妹玩一会儿的好。说起来，姨太太那边正摆茶点呢，你们先去姨太太那里吃点东西吧。"

这位李嬷嬷是宝玉的奶妈，平日里照料宝玉的生活起居，是贾府内比较有地位的仆人。

宝玉点头说道："既然姨妈都备好吃的了，咱们得讨几杯好酒吃。"

薛姨妈那边已经预备齐了。几人落座之后，宝玉说道："之前在东府珍大嫂子那儿吃的鹅掌真不错。"

薛姨妈最宠宝玉，一听外甥这么说，赶紧让人取自己糟[1]的鹅掌来，要让宝玉好好尝尝。

宝玉也不客气，拿起鹅掌就吃，一边吃还一边说："这东西得就着酒吃才香。"

薛姨妈又赶紧让人取上等的酒来。这时，李嬷嬷来劝了：

"姨太太，这酒就不吃了吧。"

宝玉正在兴头上，跟李嬷嬷撒娇央求道："好妈妈，我只喝一盅②。"

这里宝玉叫的妈妈，是古人对中老年女仆的一种尊称。但李嬷嬷天天跟在宝玉左右，对他太熟悉了，完全不吃这一套。

她告诉宝玉："不行不行，今天要是在老太太那儿，你哪怕喝一坛酒我都不管，可现在你要是喝醉了，太太肯定又得算到我头上。我已经因为你挨了好几顿骂了，你可别害我。"

这时候薛姨妈出来打圆场，笑道："你今天就别管那么多了，若是老太太问起来，我去替宝玉解释就是了。"

既然薛姨妈放话了，李嬷嬷也不好再劝，只能退下和其他仆人也吃酒去了。宝玉高兴地端起酒杯就要喝，并说："不必热了，我就爱喝冷酒。"

薛姨妈见状阻拦道："使不得，吃了冷酒写字手会打战的。"

温酒在古代很常见。古代的酿酒技术比较落后，酒里有一些杂质，直接喝对身体不好，要先把酒加热，再趁热喝。

此时，黛玉在一边抿嘴偷笑。黛玉最了解宝玉，知道他讨厌说教，想把他劝回来，没那么容易。

不过黛玉没想到的是，真有人能拿大道理劝住宝玉。这时候宝钗说话了："宝兄弟，亏得你还说自己杂学旁收③，岂不知酒性最热，要趁热喝下去，才好变成汗发散出来。若是冷着喝，这酒便会凝结在你身体里，你还得拿你的五脏六腑去暖酒，太伤身体了。你啊,还是早点改了喝冷酒的习惯吧。"

宝钗讲的这番道理,现在看来或许没那么科学,但当时人们对医学的认知有限,宝玉真听进去了,当即放下酒杯,让人把酒烫一烫再喝。

黛玉眼见宝玉听从宝钗的话,心里更酸了。这时丫鬟雪雁正巧拿着小手炉来了,要给黛玉暖手,黛玉含笑说道:"谁叫你送来的?难为她费心了,哪里就冷死我了?"

雪雁回答说:"紫鹃姐姐怕姑娘冷,叫我送来的。"

紫鹃就是贾母之前安排给黛玉的丫鬟鹦哥,跟了黛玉后就改名了,平日里负责照看黛玉的起居。她给黛玉送手炉,本来是情理之中的事,黛玉心里也明白,只不过她要借这个机会,好好讽刺一下宝玉。

她开始指桑骂槐,说道:"你倒是听她的话,我平常和你说什么,你都当是耳旁风,怎么她说的话你就听,比圣旨来得还快。"

宝玉知道黛玉是在奚落自己,但他不知道怎么回复,只能尴尬地嘻嘻笑两声。薛姨妈又出来打圆场,帮丫鬟说了两句好话。

黛玉笑着继续说:"姨妈你不知道,幸亏今天是在姨妈这里,倘若是在别人家,她把手炉送来,难道是怕人家家里连个手炉都没有吗?我不责怪她们几句,怕大家以为是我平日里轻狂惯了呢。"

这话让薛姨妈有点下不来台，心说："你这是怪我照顾不周，没给你们拿手炉吗？"

好在她知道怎么应付黛玉，说道："你还是多心了，天天想一些有的没的，我就不在这些事上费心。"

黛玉不好再说什么。宝玉当下又喝了三杯酒。李嬷嬷知道不能纵容他再喝下去，干脆使出撒手锏④，说道："今天老爷在家，你当心他问你学习情况。"

宝玉平常最怕父亲贾政，听了此话，慢慢把酒杯放下了，头也垂下来，不高兴了。这时候黛玉说话了。刚才挤对宝玉的是她，现在维护宝玉的也是她。

黛玉说道："别扫了大家的兴。舅舅若是真问起来，你就说是姨妈留你吃酒。陪自家姨妈喝点酒，也是人之常情，舅舅不会责怪的。"

替宝玉开脱后，黛玉又挤对了李嬷嬷几句："这个妈妈，自己刚才吃了东西喝了酒，现在却又来管我们的事，别管她，咱们只管乐咱们的。"

黛玉为什么对李嬷嬷如此刻薄？因为自从进了贾府，黛玉一直和宝玉生活在一个院里，对她非常了解。平常她仗着自己是宝玉的奶妈，没少限制宝玉，经常惹得宝玉不开心。黛玉之前就有点看不惯她，觉得她管得太宽，今天逮着机会，自然要多说她几句。

李嬷嬷素知黛玉的为人，劝道："林姐儿，你别帮着他说话了，要是你劝他，说不定他还能听得进去呢。"

"姐儿"是古人对青年女子的一种称呼，跟"姑娘"的意思差不多，只是语气更弱一些。

但黛玉不留情面地说道："我为什么要劝他？我也犯不着劝他。"黛玉还在为宝玉和宝钗的关系吃醋。

她接着说道："你这妈妈也太小心了，往常他在老太太那里吃多少酒也不见你劝一句，现在在姨妈家多吃了几杯，也不是什么大事，你就要来劝。你是觉得姨妈这里是外人家吗？"

李嬷嬷听了又急又笑地说道："林姐儿说出来的话啊，真真比那刀子还厉害呢。"

宝钗刚才一直是看热闹的心态，此刻忍不住笑着伸出手，在黛玉的腮上轻轻拧了一下，开口逗黛玉："颦丫头这张嘴，真叫人爱也不是、恨也不是。"

"颦"是当年宝玉给黛玉起的表字，现在宝钗这么叫，可见黛玉真的把这个表字认下来了。黛玉被宝钗一逗，也忍不住发笑，没再挤对李嬷嬷了。

这边宝钗安抚住黛玉，那边薛姨妈又开始安抚宝玉："我的儿，你今天来我这里，也没别的好东西给你吃，就这么点酒，你随便喝就是了。哪怕你醉了，在我这儿睡一觉也行，别为这事扫兴。"她随后吩咐丫鬟再烫些酒来，顺便把晚饭摆上。

这些话明着是在安抚宝玉，实际上也是在为李嬷嬷化解尴尬。薛姨妈这位长辈要留宝玉在这儿吃饭喝酒，李嬷嬷听从安

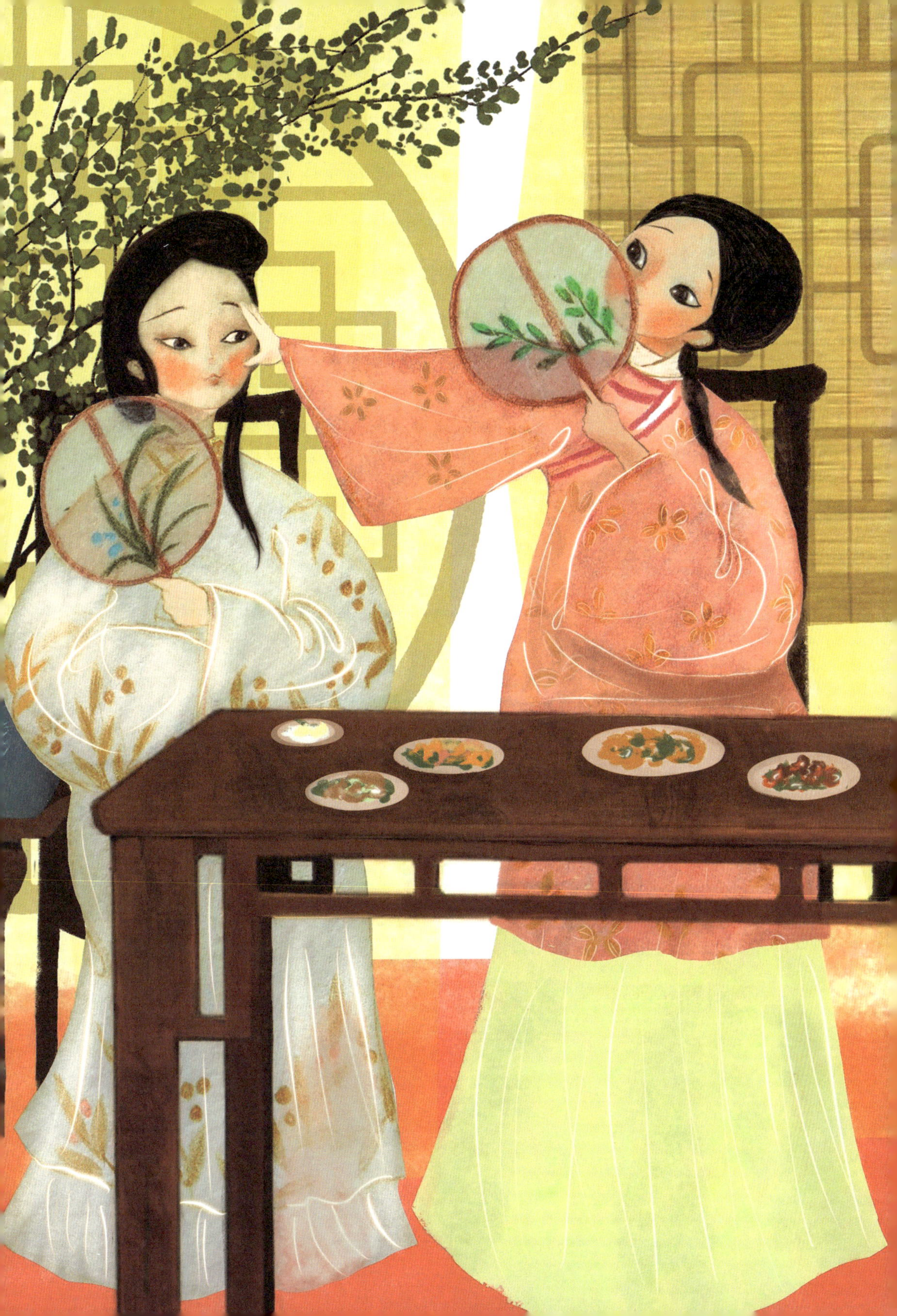

排，属于情理之中的事，没什么好为难的了。

李嬷嬷松了口气，找了个借口告退，临走之前还悄悄地叮嘱薛姨妈："姨太太，您别由着宝玉再喝多了。"

李嬷嬷走后，大家继续享用美食，宝玉开开心心地又喝了几杯，然后薛姨妈千哄万哄把酒杯撤了。

随后丫鬟们端上晚饭，其中有一道菜名叫酸笋鸡皮汤。为什么提这道菜？原因有二。其一，酸笋是南方特产，而京城位于北方，在古代交通不便的情况下，运到北方的新鲜酸笋是非常珍贵的，薛姨妈用这道菜款待宝玉，可见对他喜爱有加；其二，酸笋汤有醒酒的功效，薛姨妈也是怕宝玉真的喝多了，所以专门做了这一道汤为宝玉解酒，可谓用心良苦。

这道汤做得很好，宝玉当场痛喝了几碗。喝完了汤，宝玉又吃了半碗多碧粳（jīng）粥。碧粳是产自河北玉田的一种优质大米，这种米粒略带绿色，煮出的粥碧翠晶莹，由此得名。根据《本草纲目》的说法，这种米养脾胃又利尿，对醒酒也颇有帮助。

那边宝钗和黛玉也都吃完饭了，薛姨妈又让人端上沏好的浓茶，这自然也是为了让宝玉醒酒。只是这些措施真的能让宝玉保持清醒吗？

诗词欣赏

美食谈

《红楼梦》中的美食一直为人们津津乐道，本篇中就出现了三道：鹅掌，酸笋鸡皮汤，碧粳粥。其中"笋"作为餐桌上常见的食物，也曾在苏轼的名作《浣溪沙·细雨斜风作晓寒》中出现。全词如下。

浣溪沙·细雨斜风作晓寒　宋 苏轼

细雨斜风作晓寒，淡烟疏柳媚晴滩。
入淮清洛渐漫漫。雪沫乳花浮午盏，
蓼茸蒿笋试春盘。人间有味是清欢。

识词释义

❶**糟**：指做酒剩下的渣滓，也可做动词用，指用酒或糟腌制食物。　❷**盏**：指饮酒或喝茶时用的没有把儿的杯子。　❸**杂学旁收**：指广泛地学习各种各样的学问。在这里指除了"四书""五经"等正途学问外，其他什么闲杂学问都读，比如诗词曲赋小说，以及茶酒医药，等等。　❹**撒手锏**：指在最关键时刻使出的最拿手的本领或击中要害的手段。

第6章 宝玉醉闹绛芸轩

答案为否。此刻宝玉眼睛已经眯成一条缝，醉眼蒙眬了。眼瞅着时候不早了，黛玉叫宝玉一同起身向薛姨妈告别。

薛姨妈说道："跟着你们的妈妈们这会儿还没来呢，再多等一会儿吧。让你俩走夜路我不放心啊。"

宝玉不在意地说道："我们倒要等她们了！放心吧，姨妈，有丫头们跟着，我们不会有事的。"

但宝玉的状态有些令人担心，他确实喝醉了，刚才一个小丫鬟替他戴斗笠，只是因为戴的时候手抖了一下，就挨了他的骂，最后还是黛玉亲自给他戴上。薛姨妈见两人坚持要走，只能安排自己手下两个年长的仆人跟着，送他们兄妹平安回去。

回到自己的住处之后，宝玉先去见了贾母。贾母一眼就看出宝玉喝多了，让人把宝玉送回去，不许他再出门。

回屋后，宝玉手下有个名叫晴雯的丫鬟，她心直口快，见宝玉喝醉了，就跟他开玩笑道："好啊，今天早上起来，你让我研了墨，说要写字，结果写了三个字就走了。现在回来了，你该把这字写完吧？"

宝玉这才想起早上的事，傻笑着说："哦，对，我写的那三个字现在在哪儿呢？"

晴雯笑着埋怨道："你真是醉了。你忘了，你走之前让我把它们贴在门口。我怕别人把你的字弄坏了，亲自爬梯子贴了上去，为了这事没少受冻，手现在还是冰冷的呢。"

宝玉听后笑着凑上去说道："我确实忘了。你手冷啊，我替你暖暖。"说着牵过晴雯的手，拉着她一起出门，打算看看门口贴着的三个字。

刚巧这个时候黛玉来了，宝玉就指着门上的字问道："妹妹你看，这三个字哪一个好？说实话，别撒谎啊。"

黛玉顺着方向看去，见门上写着三个大字"绛芸轩"。"绛"是大红色的意思，"芸"指的是一种香草，"轩"则是对小房子的称呼。很明显，这三个字是宝玉给自己屋子取的名字。

化身林黛玉的绛珠仙子曾经是灵河岸边的一株绛珠草，宝玉取的这个名字正暗合黛玉前世的命运。不过，宝玉和黛玉当然都不记得前世。

黛玉笑道："一个个都写得好，怎么写得这样好啊，明天也给我写个匾呗。"

两人又闲聊了几句，黛玉见天色已晚，便先回去睡了。

宝玉醉酒无聊，拉着晴雯继续说话。"我今天在宁国府吃早饭的时候，吃到了一种豆腐皮儿包的包子，特别好吃，我觉得你肯定喜欢，就跟珍大奶奶说了，我晚上还想吃，让她给咱们送过来一些，你吃了没有啊？"

晴雯听后抱怨道："快别提那包子了，那边的人把包子送过来时，我就猜是送来给我吃的，只是我当时刚吃了饭，就先搁一边了。不承想后来李奶奶来了，她看见这碟包子就说：'宝玉未必肯吃，不如我带回去给我孙子吃吧。'就让人把包子送回她家去了。"

李奶奶就是李嬷嬷。听了这话，宝玉心里顿时就冒火了，他今天在薛姨妈那儿已经被李嬷嬷管教过，本就不满，现在听说给晴雯的包子也被李嬷嬷拿走，怒气一下上来了，只是这会儿还没彻底爆发。

这时，茜雪端上茶来，宝玉喝了半碗，眉头就皱起来了。他问道："早上我沏了一碗枫露茶，我当时叮嘱你们，这种茶要泡三四次之后才能出颜色，这茶你们沏好了吗？怎么这会儿给我端的是别的茶？"

茜雪答道："我原本是把茶沏好了给你留着，只是那会儿李奶奶来了，把茶喝了。"

宝玉听后顺手把手里的茶杯往地上一摔，哐啷一声，茶杯摔了个粉碎，溅了茜雪一裙子。

宝玉张口大骂道："她是你哪门子的奶奶！你们都这么孝敬她？她不过是仗着我小时候吃过她几口奶，如今却比我家祖宗还要威风！我现在也不吃奶了，白养着这个祖宗干什么！你们把她给我撵出去！"

宝玉不光嘴上过瘾，还要立刻去见贾母，真的要把李嬷嬷赶走。在古代，大户人家给奶妈的待遇都很好，哪怕是皇帝对自己的奶妈都有几分感情，若是让旁人知道宝玉要把奶妈赶走，又该嘲笑他没肚量、小心眼了。

若是在平时，宝玉应该不会说这样的话，只是这会儿醉意上来，才开始胡闹。宝玉就住在贾母的院子里，他一闹腾，贾母马上就听到了，忙派人来问在闹什么。

袭人之前故意装睡，想等宝玉过来逗逗他，现在担心事情闹大，赶紧跑出来，先拦住贾母派来问话的人，说道："没事没事，刚才是我端茶的时候不小心让雪滑倒了，把茶杯给摔了，宝玉大声嚷嚷是在说我呢。"

然后又劝宝玉别瞎折腾了。见宝玉仍是不听，袭人干脆说道："既然你真的要把李嬷嬷撵走，那我们也愿意出去。谁知道哪天我们会不会犯个小错，就被你撵出去。你再找几个好丫鬟来服侍你吧。"

听完这话，宝玉终于不再言语了。他刚才也就是耍耍酒疯，发泄一下心里的火，怎么可能把袭人她们也赶走呢。当下袭人扶着宝玉回屋躺下，帮他脱下外衣，再把通灵宝玉取下来，用

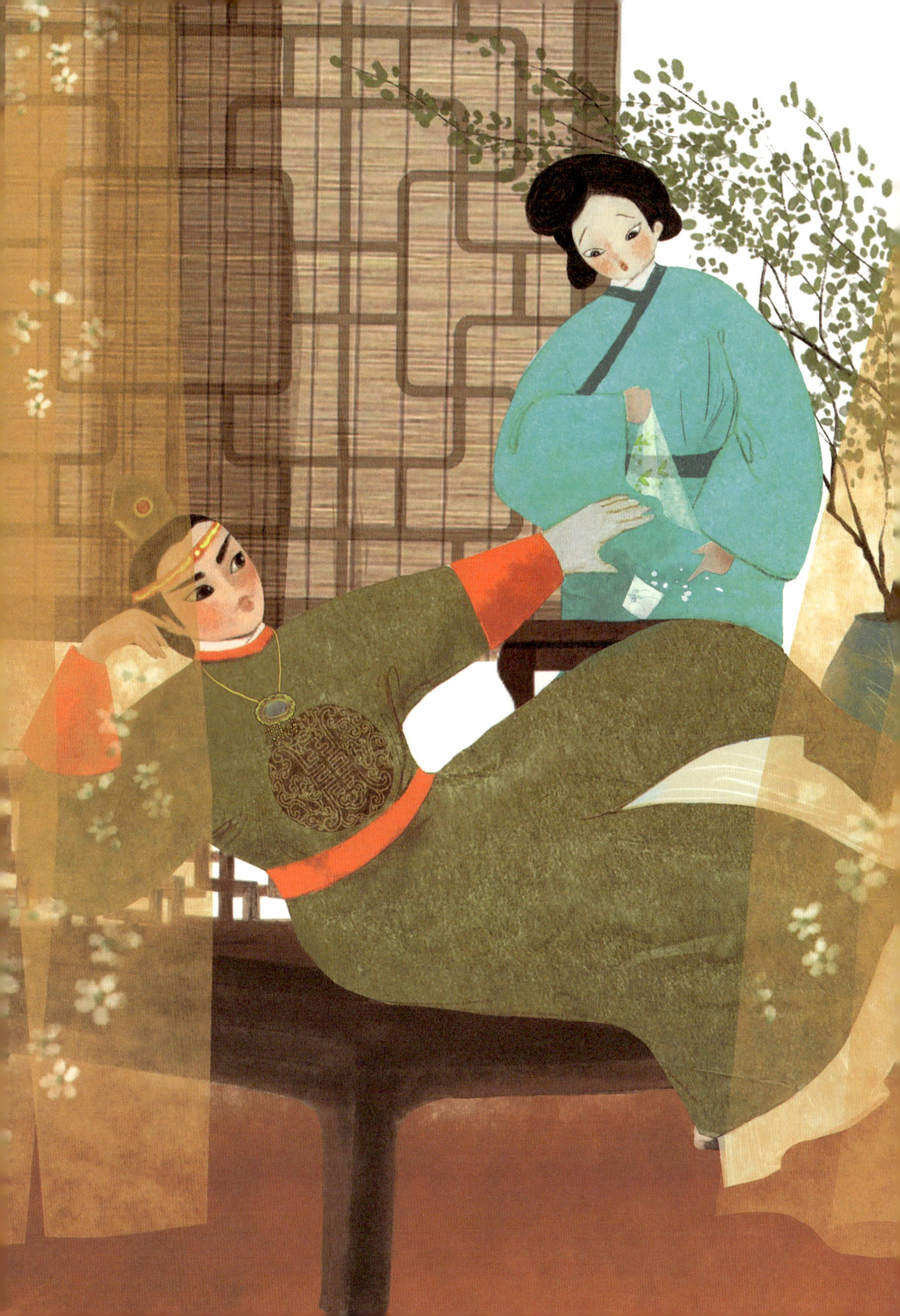

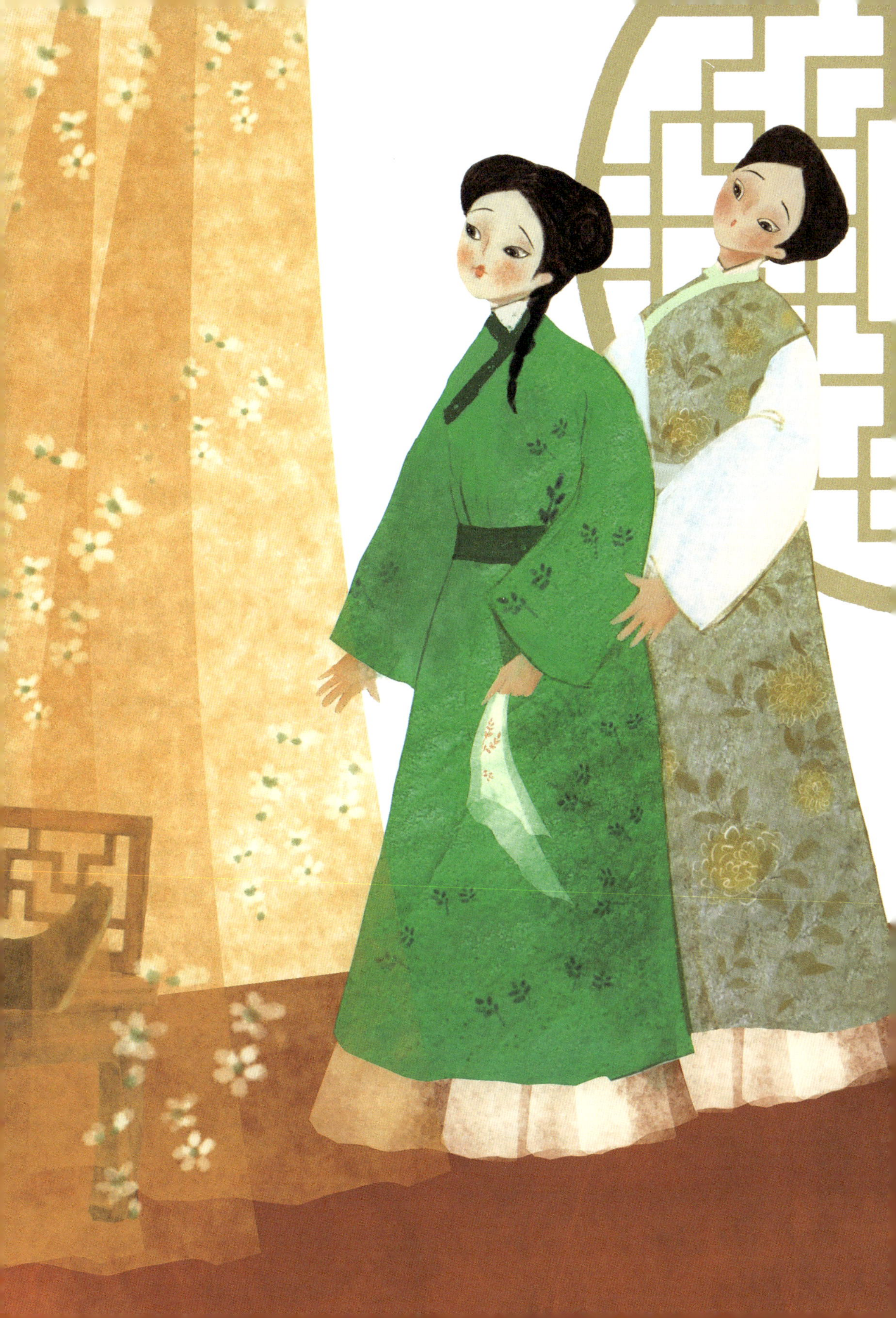

绢布仔细包好，放在褥子底下暖着，这样第二天宝玉戴玉的时候就不会觉得冰冷。等这些都忙完，宝玉早已经睡着了。

彼时李嬷嬷听说宝玉因为自己吵闹了一番，也赶紧跑过来，想要赔个不是，听说宝玉已经睡下，才放心离开了。

这场醉酒风波，就这样被袭人轻而易举地化解了。

第二天一早，宝玉刚醒就有人来报，说东府的小蓉大爷带秦钟来拜访。宝玉立即兴冲冲地出门迎接，对李嬷嬷的怨恨已烟消云散。

之前宝玉和秦钟约好要一起读书学习，秦钟今天就是为了这事而来。他跟着姐夫贾蓉来到荣国府，拜见了贾母。老太太见这孩子相貌标致，举止温柔，有礼有节，心中十分喜欢。

老太太还叮嘱秦钟："你家住得远，来回跑太麻烦，只管住在我们这里吧。只跟你宝二叔在一块儿，我也放心，可别跟那帮不长进的东西学。"

贾母说的"不长进的东西"，就是指贾家那帮纨绔子弟。京城的贾家不只有荣国府和宁国府两家，还有许多贾姓亲戚，这些亲戚有的是像贾雨村那样攀附的，有的是货真价实的远房亲戚。毕竟同宗同族，荣国府也愿意提携他们，只是提携得多了，竟然养出一群不学无术的小辈。这些人仗着荣宁二府的势力胡作非为，无甚志向，也没有光耀门楣的想法。贾母希望宝玉有所成就，自然想让他和秦钟这样爱读书的人做朋友。

得了贾母的话，秦钟高兴地回去禀告了父亲。秦钟的父亲叫秦邦业，年近七旬，之前一直无儿无女，就去养生堂①抱了一个儿子和一个女儿。谁知儿子死了，只剩下那个女孩，小名叫可儿，大名叫兼美，许配给了贾蓉为妻。五十多岁时才有了秦钟，属于老来得子，因此对秦钟十分关爱。

秦邦业现任工部营缮司郎中，负责修缮宫室建筑等事务，官职和收入不高，之前没少为秦钟的学业发愁，如今他能和贾府的少爷一起读书，对于秦家来说是天大的好消息。

秦邦业还派人打听，得知贾家家塾的负责人贾代儒是一位学问精深、颇有名望的老先生，秦钟跟着他读书，学业肯定会有所进益，考取功名指日可待。考虑到这关系着儿子的终身大事，秦邦业虽宦囊羞涩②，还是从本就不富裕的家产中东拼西凑出二十四两银子，亲自带秦钟跑到贾代儒家，拜见他。这份钱叫作贽（zhì）见礼，是古时候学生拜见老师时要送的见面礼。

秦家把上学的事安排妥当后，宝玉这边也准备得差不多了。他为了早点儿和秦钟一起上学，就把入学时间定在了两天后。我们现在去学校上学，入学时间都是固定的，可宝玉去上学，入学时间是他自己定的，实在率性。

到了入学这天，袭人替宝玉准备好了书笔文墨和出门穿的衣服，连取暖用的脚炉手炉都预备齐了。宝玉依次去给贾母、贾政和王夫人请安。贾母和王夫人没多过问，只嘱咐了他几句。

贾政就不一样了，他在学业上对宝玉要求十分严格。之前宝玉不爱读书，贾政没少动肝火，现在宝玉主动要求去读书，贾政自然要过问一二。在敲打宝玉一番后，他又把宝玉身边的跟班叫进了书房。

其中有一个仆从名叫李贵，是李嬷嬷的儿子。贾政严肃地问他："宝玉最近都读了什么书？你说来听听。"

李贵不敢怠慢，说道："小的不敢撒谎，哥儿已经念到了第三本《诗经》，读的是什么'攸攸鹿鸣，荷叶浮萍'。"

当时贾政屋里有很多门客，听到这话，哄堂一笑。连贾政也绷不住笑了。

大家为什么发笑？因为李贵说错了。《诗经》里的原句是"呦呦鹿鸣，食野之苹"，意思是一群鹿在呦呦地鸣叫，在原野上吃一种蒿草。

眼瞅着下人这副德行，贾政无奈地说道："到学堂之后，去跟太爷请安，替我转告他，别让宝玉读《诗经》、古文了，读不出什么名堂来，先把'四书'讲明背熟要紧。"

太爷指的就是学堂的先生贾代儒。按辈分，贾代儒是贾政的叔叔，应尊称。在古代，想要考取功名，"四书"是必须要读的。至于《诗经》，虽说也属于儒家经典，但在科举考试中的分量不及"四书"。

李贵记下贾政的吩咐，这一关总算是过了。接着，宝玉又回到贾母处，见秦钟早已来了，便一同辞别了贾母。然后宝玉忽然想起自己还未向黛玉辞行，赶忙跑到她的房中。

黛玉此时正在梳妆，听说宝玉要去上学了，就笑话他说：

"好啊，你这一去，可是要蟾宫折桂了啊。"

"蟾宫折桂"是一个典故。"蟾宫"指的是月亮上的广寒宫，广寒宫内有一棵桂树，能到月宫里去折桂树的枝条，便是一步登天，专用于形容那些通过科举考中进士的学子。现在也还有"折桂"这种说法，不管是考试考出了好成绩，还是运动员在赛场上拿了好名次，都可以用"折桂"来形容。

宝玉不舍地说道："好妹妹，你等着我，等我放学回来，咱们再一块儿吃晚饭。"

说罢又闲聊了半天，才转身要出门，黛玉忙又说了一句："你怎么不去跟你宝姐姐辞行？"

宝玉生怕黛玉再吃醋误会，笑而不答，出门就找秦钟去了。

诗词欣赏

《诗经》 这是我国最早的诗歌总集，内容有的写男女相悦之情，有的揭露政治黑暗、人民困苦，有的描写当时的经济生活。总的来说，其语言朴素优美，声调和谐自然，极富艺术感染力。

文中出现的语句出自《诗经·小雅·鹿鸣》："呦呦鹿鸣，食野之苹。我有嘉宾，鼓瑟吹笙。吹笙鼓簧，承筐是将。人之好我，示我周行。"

识词释义

❶**养生堂：** 这里指育婴堂，是一种收养弃婴的慈善机构。 ❷**宦囊羞涩：** 指做官所获得的钱财很少，为官者手头拮据。改自"阮囊羞涩"，元代阴时夫的《韵府群玉·阳韵·一钱囊》中记载，"竹林七贤"之一阮咸之子阮孚，像父亲一样高傲不羁，喜好游玩，不理事务，贫困窘迫。一日他拿着布袋子到处游玩，有人问他里面装了什么，他回答："但有一钱看囊，恐其羞涩。"意思是，里面只有一枚钱看守着，以免布囊难为情。

第7章 宝玉秦钟入学堂

且说宝玉和秦钟来到学堂之后,终日相伴,关系愈加亲密。贾家家塾离荣国府不远。贾家的老祖宗之所以筹建这个学堂,是怕同族子弟里有人因贫穷请不起老师。学堂的经营不靠学费,而是靠捐款,族里凡是有官爵的人,都要根据自己俸禄的多少给学堂交一份供奉银两,穷苦亲戚则不用交钱,是同族之间的守望相助。

这样的家塾一般要选本族里德高望重的长辈来担任先生,一来可以给后辈传授知识,二来学堂里都是一帮年轻气盛的子弟,若没有有威严的人镇场,指不定如何闹腾。

然而到了宝玉这一代,学堂里的风气已发生了变化。现在的先生贾代儒虽然地位高、学问好,但他有个缺点,就是不管学习之外的事,没有履行管教、训诫同族子弟的职责。学堂里龙蛇混杂，聚集了一帮不学好的人，其中最突出的刺儿头就是薛蟠。

薛蟠自打到了京城之后，没少结交狐朋狗友，听说贾家有座学堂，还主动要去上学。不过他入学不是为了学知识，而是想多认识贾家的亲戚子弟，看看能不能再找几个臭味相投的玩伴。

学堂里的风气从此更糟了。薛家是巨富之家，薛蟠一直过着挥金如土的生活，一进学堂就到处撒钱，收买同窗。学堂里不少家境没那么富裕的子弟见这样的财主来了，都赶着攀附，很快就形成一个围绕着薛蟠的小圈子。

这帮人成天吃喝玩乐，把学堂搅得乌烟瘴气，偏偏贾代儒又不常管这些事，到最后连自己的长孙贾瑞都被薛蟠收买了，助纣为虐[1]。

宝玉和秦钟来的时候，薛蟠已经不常来学堂，另找地方寻乐子去了。可是他走了，他的狐朋狗友却没走，这帮人胡作非为惯了，见宝玉二人入学，就观察起他们来。

一开始他们没敢真的招惹宝玉，毕竟宝玉是荣国府的少爷，不是他们惹得起的。可是观察了一两个月，他们发现宝玉性子软，天生有几分温柔，跟谁都是好脾气，不小心碰了人还低声下气地跟人赔礼道歉。而秦钟比宝玉还腼腆怕生，说话和和气气的，经常还未说什么脸就先红了。

这帮人便把宝玉他们的温柔当作软弱，觉得他们好欺负。

这天，贾代儒家里有事没来学堂，安排贾瑞代管事务，这帮家伙就开始惹事了。

其中一个叫金荣的子弟，不仅造谣秦钟，还和宝玉的下人茗烟等人打了起来，牵扯到贾蔷、贾菌等人，一时间乱作一团。然而贾瑞和金荣是一丘之貉②，都是薛蟠的朋友，秦钟来告状，贾瑞压根就不想管。金荣越发得意，口吐秽言。最终，秦钟受了些伤，宝玉直言要将金荣撵出学堂。李贵怕事情闹大，好说歹说劝金荣磕头认了错，宝玉才不闹了。

只是回家后，金荣越想越气，抱怨说："秦钟不过是贾蓉的小舅子，又不是贾家的子孙，论地位他和我差不多。今天他能逼我磕头，纯粹是仗着和宝玉亲近，目中无人，我还真怕他不成？"

金荣的母亲胡氏上前拦阻道："你可别胡乱闹事了，你能上学已经是天大的福分。当年我好说歹说地求你姑妈，你姑妈又千方百计地求琏二奶奶，你才得了这个读书的地方。若不是人家帮忙，咱家哪儿请得起先生啊，你就好好读书吧，别抱怨了。"

金荣还是愤愤地说："你儿子今天被人欺负了，还给人磕了头，这是读书的事吗？要是成天受气，这书我也不读了。"

胡氏闻言更生气了："你怎么这么不懂事呢？不说读书考功名，光是学堂管你吃喝，这些年就给咱家省了多少开销！再说了，你要是不去读书，哪儿有机会认识那位薛大爷？这段时间

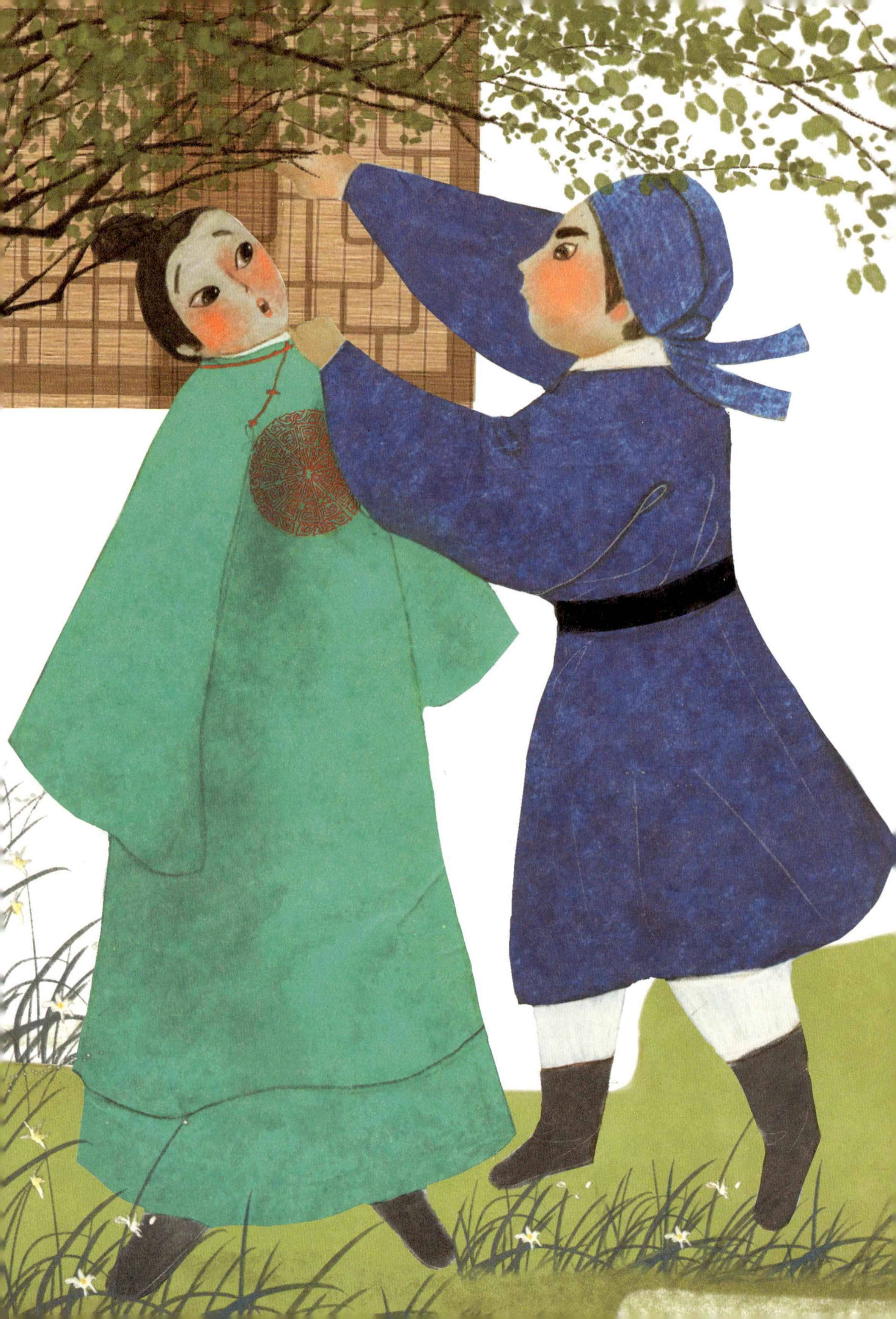

光薛大爷就接济了咱们七八十两银子。你现在要是闹事被人赶走，再想找个这样的地方，比登天还难！你赶紧老老实实睡觉去，别在这儿胡思乱想了。"

金荣这才无话可说，忍气吞声，自顾自地睡觉去了。次日照常去学堂读书，没再惹什么祸端。

只是恰巧这日，金荣的姑妈璜大奶奶来了。璜大奶奶本姓金，跟金荣的父亲是兄妹，嫁给了贾家族中的贾璜。她看天气晴朗，就决定来看看自家嫂子和侄儿，胡氏赶忙招待。

俩人落座之后开始闲聊，胡氏这人藏不住事，一五一十地将学堂的事全说了出来，而且讲的全是从金荣那里听来的事——在金荣的故事里，他完全是被秦钟他们欺负了。

听说侄儿在学堂里被欺负，璜大奶奶怒道："秦钟是贾门的亲戚，难道咱们荣儿就不是了？别太势利了。我这就去宁国府，跟珍大奶奶说说，再把秦钟他姐叫来，叫她好好评评理！"胡氏慌忙阻拦，却哪儿拦得住。

璜大奶奶什么都听不进去，叫老婆子备好车，就直奔宁国府而来。要说璜大奶奶也是个欺软怕硬的主儿，别看她刚才火冒三丈，现在真的见到了尤氏，立马殷勤地向尤氏请安，然后嘘寒问暖，说了一堆闲话才切入正题，问道："今天怎么没见蓉大奶奶啊？"

谁知尤氏一声长叹，说道："哎，她这些日子也不知怎么了，身体不好，我们都快愁死了。你不知道，这些天她只在床上躺着，身子弱得都快起不来了。我还专门叮嘱蓉哥儿，得照顾好媳妇，倘若她有个好歹，他可找不来第二个这么好的人了。该请的大夫我也请了，该熬的药我也给她熬了，本来指望着她身体能好一点儿，结果今天一早，她弟弟秦钟来找她，说自己昨天在学堂里被人打了。秦钟这孩子也是没眼力见儿，眼瞅着姐姐都病成这样了，他还把那些不干不净的话学了过来，害得她又气又恼，连今天的早饭都没吃下去。婶子你说，这事我能不心焦吗？想到她的病，我的心就如同被针扎了一般。你们知道什么好大夫吗？"

尤氏这番话说下来，吓得璜大奶奶心惊胆战，再也不敢找人理论了。

此时贾珍从外面走进来，跟两人寒暄了几句，让人好好招待璜大奶奶。见老爷和夫人对自己如此客气，璜大奶奶早就转怒为喜，将侄子的事抛到九霄云外了。跟尤氏又聊了一会儿，她便回家去了。

等她走后，贾珍问尤氏她来干吗。尤氏说道："没说什么事。她刚来的时候看着好像挺气恼的，结果聊了半天，提到咱们家媳妇儿的病，她气色倒平和了。"

精明妇人璜大奶奶察言观色，演的这场变脸大戏就此悄然落幕。

贾珍对秦可卿的病情尤其上心，他告诉尤氏："我最近寻得一位名医，姓张，学识渊博又深通药理，我已经派人拿着我的名帖去请了，说不定明日就到，到时候务必要好好接待。"

尤氏点了点头，心中甚喜，派人叫来贾蓉，交代了此事。次日午间，张大夫如约而至，贾珍亲自迎接大夫入厅，寒暄几句后，让贾蓉带着去给秦可卿看病。

古时候的医生看病，讲究"望闻问切"。"望"就是看病人的气色，观察患者的口鼻各部位有什么变化；"闻"包括听声音和嗅气味，听病人说话的声音高低，闻一闻病人呼吸的气味，这样好判断病人的身体情况；"问"就是询问，问一问病人的病因病情；最后一步就是"切"，摸一摸病人的脉象，看他到底得的是什么病。

只见张大夫伸出手来，搭在秦可卿的右手脉上，屏气凝神地思索了一会儿，随后让秦可卿伸出左手，又思索了好一会儿。

诊断完后张大夫对贾蓉说道："病情我已经知道个大概了，咱们到外面去说吧。"

到了外屋，张大夫问道："尊夫人这些天是不是气虚上火，夜不能寐，时不时头晕目眩，到了凌晨的时候会不自觉地冒虚汗，白天则吃不下东西，精神倦怠，四肢酸软？"

一旁贴身服侍秦可卿的婆子抢着说道："先生说得没错，先前来过几个大夫，他们都说不出这么准确的病征，还有人说夫人这是怀胎有喜了。"

张大夫面色沉重地告诉贾蓉："大奶奶的病可被众位耽搁了。如果第一次发病的时候你们就用对药，现在说不定已经好了，如今发展到这种地步，能不能治好我也不好说。此外，夫人这病乃长期忧虑所致，以后千万劝劝夫人，有些事莫要思虑过多啊。"

贾蓉遂求大夫开方相救。大夫思索许久后表示："依我看，这病尚有三分治愈的可能。我开个方子，若有医缘，夫人明年春分有望痊愈。"

贾蓉接过药方，送别了张大夫，然后将这方子和诊脉书拿给贾珍看了看，又回话给尤氏。他们都没问题后，他才叫人去抓药煎了给秦氏吃。贾珍还吩咐药方中提到的人参就用府上刚买回来的好参。

话说这天，宁国府里还在筹备一件大事，就是大老爷贾敬的寿辰。按理说，筹备他的寿辰应该是府上第一要务，但贾珍和尤氏却把秦可卿的病情当作最重要的事，侧面说明了秦可卿的重要性。再加上贾敬常年在外求仙修道、不问俗事，哪怕是自己的寿筵也不参加，贾珍便只派儿子贾蓉带着礼物去看望一下老人家。

贾珍不去看望父亲贾敬，是遵照贾敬不让他前去的要求，也是因为二人之间的关系已经很差了。

不过，贾敬虽然不参加，但寿筵还得操办，因为对于大户人家来说，长辈的寿筵往往是社交的好机会。老太爷过去在京城有几分名望，他过生日时京城里好多名流贵族都会来府上请安祝寿，贾珍可以趁机跟这些权贵联络感情，后者也可以趁机跟宁国府建立关系。

很快，为贾敬祝寿的人先后来到府上，一场热热闹闹的宴会即将开幕。

诗词欣赏

学堂 古人聚在一起学习读书的地方，即现在常说的"学校"。《红楼梦》中贾家的学堂风气不正，不断败坏，可谓违背了建立时的初衷。清代诗人林占梅曾在《过头分庄》一诗中，描写一处学堂书声朗朗，想来这才符合人们对学堂的期望。

过头分庄　清　林占梅

山明空翠绕，水秀活流长。
斸(zhú)土培新笋，编茅护嫩秧。
门幽知客少，村寂正农忙。
何处书声朗，林门隐学堂。

识词释义

❶ **助纣为虐**：纣指商纣王，比喻帮坏人做恶事，也说助桀为虐。出自西汉司马迁的《史记·留侯世家》："今始入秦，即安其乐，此所谓助桀为虐。"其中"桀"指夏朝最后一名国君，他跟纣王一样是个暴君。❷ **一丘之貉**：都是同一个山丘上的貉，意指都是坏人，含贬义。出自东汉班固的《汉书·杨恽传》："古与今如一丘之貉。"

第8章 感同情凤姐探病

在宁国府的寿筵上，先来的是贾琏、贾蔷。他们最先来，一是为了看看各处的座位预备好了没有，免得后面辈分更高的人到了，宴席却还没准备好；二是想看看寿筵上有没有什么好玩的事，比如听两段戏解解闷儿。

随后来的是荣国府的一众女眷，有邢夫人、王夫人、王熙凤等。宝玉平日里就受到这些长辈的宠爱，因此也跟她们一起来了。

当贾珍和尤氏问起老太太怎么没来府里赏菊花时，王熙凤解释道："老太太昨天吃坏了肚子，今天身体不舒服，因此来不成了。"

此时时间已经不早，客人们陆续到了。尤氏负责陪着王夫人她们闲聊，贾珍则到正堂去迎客了。

宁国府不愧是豪门，当天送上寿礼的名单中，有南安郡王、东平郡王、西宁郡王、北静郡王四家王爷。在古代，王爷和王爷的爵位也是不一样的，最高一级的王爷一般叫亲王，多半是皇帝的亲兄弟或者叔伯长辈，跟皇帝关系最近。郡王的身份比亲王要低，他们多半是没能继承亲王爵位的人。比如，一个亲王有两个儿子，大儿子按例继承了亲王之位，二儿子没多余的爵位可以继承，身份就得降一级，做郡王。

不论怎么说，宁国府的寿筵上能有王爷来送寿礼，可见贾家在京城的名望之高。除了四位王爷，还有六位镇国公、八位忠靖侯派人前来祝寿。

不过，贾珍怎么接待客人我们暂且不提，且说尤氏陪着王夫人等人闲聊，说到了秦可卿的病情。

王熙凤对秦可卿的病情十分关切，因为秦可卿是宁国府上管事的人，而王熙凤是荣国府上管事的人，两人都聪明绝顶，又都肩负着管理的重任，惺惺相惜，互相欣赏。

用过饭后，王熙凤想去看看秦可卿，宝玉闻言也要跟着。尤氏知道王熙凤是个懂人情的人，有心让她开导开导秦可卿，当下带着王夫人、邢夫人她们到花园中走走，让贾蓉带着王熙凤和宝玉去病房中探望。

秦可卿这会儿正在床上躺着，见王熙凤和宝玉来了，忙起身想要迎接。王熙凤反应快，快步上前扶住她的手，说道："你干什么，快躺下，小心别再头晕了。"

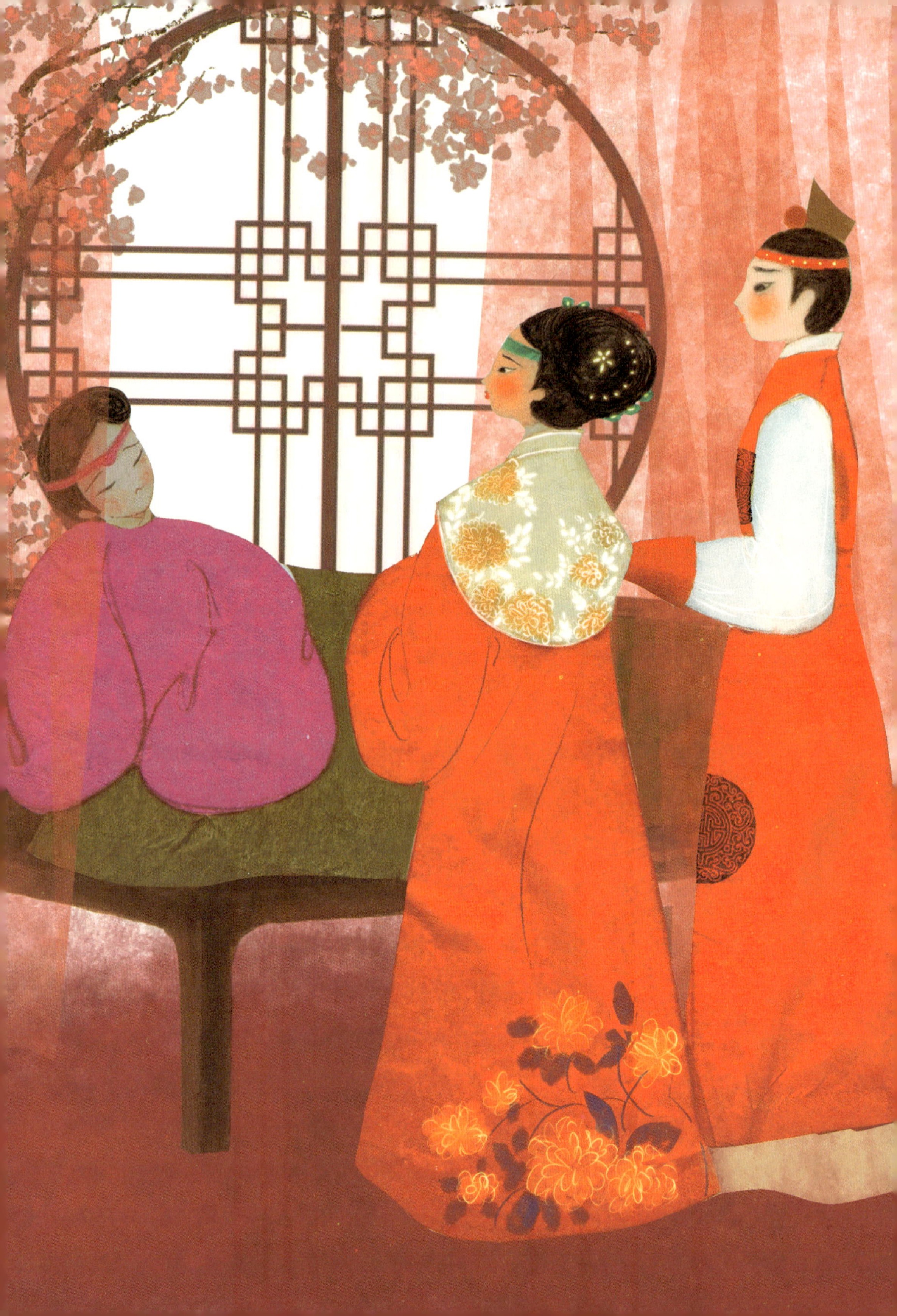

接着又埋怨说:"我的奶奶哟,这才几日不见,怎么就瘦成这个样子了。你这副样子可太让人心疼了!"

秦可卿强撑笑脸,说道:"唉,不怪别人,都怪我自己没福分。我嫁到这样好的人家,公公婆婆把我当自家女儿看待,丈夫虽然年轻,但和我也是相敬如宾①,从来都没红过脸吵过架。这一家子长辈同辈里面,没人不疼我。现在倒好,我还没在公婆和婶娘面前尽多少孝心,就得了病,想报恩也实现不了了。我自己的病自己知道,只怕是熬不过过年了。"

听秦可卿说得如此悲戚,王熙凤伤感不已,刚要安慰她,却听那边有人抽泣起来,原来是宝玉哭了。宝玉本来就善良,对姑娘们尤为敬重,听到秦可卿这番像是诀别的话,顿时觉得如万箭攒心②一般难受,眼泪止不住地往下流。

王熙凤也非常难过,不过她知道,眼下秦可卿的身子弱,正是需要积极对抗病魔的时候,哪怕她心里再难受,也不能当着病人的面哭,因而立刻教训宝玉说:"你也忒婆婆妈妈的了,她只是得了个小病,哪里就真的不行了?你快过去陪太太她们吧,别在这儿惹病人难过了。"

王熙凤同时安慰秦可卿道:"你也别胡思乱想,在这儿说丧气话,岂不是平白给自己添不痛快吗?"

贾蓉跟着劝道:"你这病不妨事,只要吃得下饭了就不怕。"

随后贾蓉带宝玉离开了,留下王熙凤和秦可卿说了一些交心的话。

什么话呢？自然是宁国府上下的一些杂事，一些不能被外人知道的事。同为在府上管事的人，秦可卿想提醒王熙凤，不要像她一样过于聪明，反倒害了自己性命。

两人互诉衷肠许久，其间尤氏见王熙凤很久都没过来，便派丫鬟三番五次地来叫。

王熙凤只得和秦可卿告别："你好生养着身子，我只要有空肯定来看你。咱这样的人家，什么样的药材都有，你的病肯定能好。大夫不是给你开了人参吗？放开吃就是了，莫说是一日两钱人参，就是一天两斤，咱家都吃得起。"

告别了秦氏，王熙凤带着仆人前往众人所在的戏园子。路上要先经过大花园，绕过柳林，走过一座小桥，再穿过一座精致的假山，才能到戏园子门口。王熙凤虽说着急赶场，但一路上少不了欣赏沿途的景色。

原著中这样描述园中景致：

黄花满地，白柳横坡。小桥通若耶之溪，曲径接天台之路。石中清流滴滴，篱落飘香；树头红叶翩翩，疏林如画。西风乍紧，犹听莺啼；暖日常暄，又添蛩（qióng）语。遥望东南，建几处依山之榭；近观西北，结三间临水之轩。笙簧盈座，别有幽情；罗绮穿林，倍添韵致。

王熙凤一步步走着，不住地赞赏，突然在一处假山下遇见了贾瑞，找她搭话。贾瑞言语轻佻，包藏色心，王熙凤不禁在心里暗忖："知人知面不知心，什么时候他死在我手里了，才知道我的手段。"她假意客套、应付了几句贾瑞后，就去天香楼陪尤氏和王夫人她们看戏了。

见她来了，尤氏便拿戏单让她点戏。王熙凤看时候不早了，就只点了两出。等戏唱完后，众人一起吃了饭，喝了茶，又向尤氏的母亲告了辞，方乘车回了荣国府。

接下来的一段时日，王熙凤一有空就来宁国府陪秦可卿聊天。这期间她还设局戏耍了贾瑞几次，接着贾瑞得了一场大病，其祖父贾代儒各处请医为他疗治都没有效果，不久就病死了。

诗词欣赏

菊花

秋季赏菊也是古人的乐事之一。历史上关于菊花的诗词不胜枚举，光陶渊明写菊花的诗就有好几首，"采菊东篱下，悠然见南山"，可谓无人不知。这里还有一首关于菊花的诗，视角独特，气象不俗，供欣赏。

不第后赋菊　唐　黄巢

待到秋来九月八，我花开后百花杀。
冲天香阵透长安，满城尽带黄金甲。

识词释义

❶ **相敬如宾：** 指夫妻二人相互尊敬爱护，出自《左传·僖公三十年》："臼季使，过冀，见冀缺耨，其妻馌之，敬，相待如宾。"含褒义。相传臼季见冀缺（一说郤缺）被贬后以耕种为生，勤勉修身，其妻子贤惠地将饭送到田里，恭敬地高举，递给丈夫食用，而冀缺也以同样的礼节对待妻子，夫妇二人互敬恩爱。

❷ **万箭攒心：** 比喻万支箭攒聚在心头，形容心情极度悲痛。近义词有"万箭穿心"。

第9章 可卿托梦留忠言

这年冬季末,林如海也生了重病。这人一病,就会思念家人,于是林如海给荣国府写了封信,希望能把黛玉接回扬州,让女儿好好陪陪自己。

贾母知道后格外伤心,外孙女还没在自己身边待多久,女婿的身体竟然也不行了。但伤心归伤心,贾母还是赶紧安排人送黛玉去扬州。为了保证途中的安全,贾母亲自过问,定要让贾琏跑一趟,并把黛玉带回来。贾琏精明能干,让他送黛玉回家,老太太比较放心。

听闻黛玉要走,宝玉别提多伤心了,只是黛玉是回家看病重的父亲,宝玉不好阻拦。黛玉走后,他每日郁郁寡欢,却不知道还有一个人也和他一样不开心,那人便是贾琏的妻子王熙凤。

王熙凤对贾琏一往情深,丈夫出远门后,她的生活变得十分无趣。这天晚上，王熙凤和平儿一起拥被躺着，计算贾琏的行程，盼着丈夫回来。

不觉已到半夜，平儿先睡着了，王熙凤迷迷糊糊，眼看也快睡着了，恍惚之间却见到一人从门口走进来，竟然是秦可卿。

只见秦可卿含笑说道："婶娘你好好休息吧，我今天就要回去了，你不必送我。只因咱们俩平日关系好，我舍不得婶娘，故特来辞别你。"

这没头没脑的话把王熙凤说愣了，她忙问为何，然而秦可卿却像是听不到她说话一样，自顾自地说着："只是我还有一个心愿未了，这事告诉别人可能没用，非得告诉婶娘才行。"

王熙凤恍惚答应她，有什么心愿只管托付就是。

"婶娘，你是女子中的英雄，办起事来多少男子都不如你，只是你怎么都不晓得那两句俗话，'月满则亏，水满则溢'啊。"

"月满则亏""水满则溢"都是成语，形容事物发展到一定程度，自然就开始走向衰退，说的都是事物由盛转衰的过程。王熙凤自然知道它们的意思，只是她不明白秦可卿为什么这么说。

秦可卿接着说道："我们这个大家族声威赫赫，如今已经快百年。有道是'登高必跌重'，若是有朝一日家族衰败了，应了那句'树倒猢狲散'①，到时候连名声都不剩。"

王熙凤神情凝重起来，作为荣国府的管家，她对府上如今的情况心知肚明。虽然仍是巨富之家，但整个家族已经隐隐有了衰败的迹象，秦可卿放不下的事，也正是她心中最害怕的事。

她当即请教道："你这话说得真对，那有没有什么办法可以保我们家族永远兴盛呢？"

秦可卿冷笑道："婶娘，你怎么想不明白呢？自古以来，'否极泰来'，荣辱兴衰变化周而复始，哪里是人力所能阻挡的？咱们能做的只是尽早筹划，尽力保全几分家业，等到真的衰败那天，提前准备一些安身保命的财物，也算是保住家族了。我今日前来就是想提醒婶娘，当前府上还有两件事未办妥，若能把这些事做好，日后即便府上遭难，也可保后世无虞。

"第一，贾氏宗族的祖坟虽然修缮得很好，时时祭祀，但没有用心经营，无钱粮可续。依我之见，应该趁着今日家族尚且富贵，在祖坟附近多购置些田产房舍，这些产业归宗族所有，凡是家族中的男女老幼，不论贫富，只要愿意务农的都可以在这儿干活，其所赚钱粮正好可以供给祭祀、家塾使用。这样等日后家族衰败了，大家也还能有口吃的。

"第二，贾氏宗族虽然有家塾，却没管理好，也无稳定供给。只有一个老先生，管不住这么多人。依我看，应当各家再商议商议，扩建家塾，多请先生，日后家族衰败了，贾家子孙想要靠读书考取功名，不至于连学都上不起。

"这两点若是做到了，日后贾家后代读书也罢、务农也好，总有个出路。只要家族繁衍不绝，总有东山再起的一天。"

秦可卿的这两条建议，总结起来就是把宁国府和荣国府两

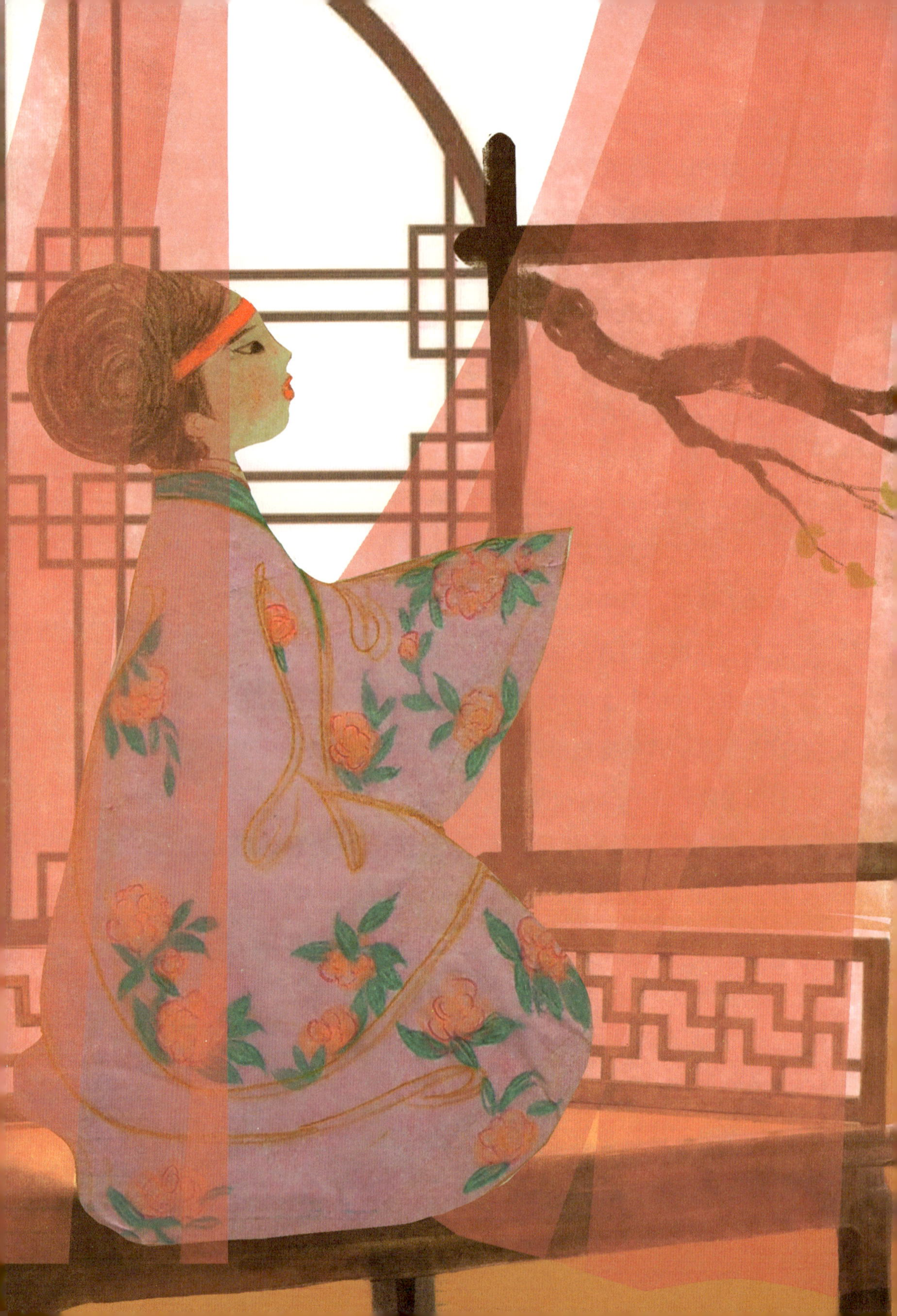

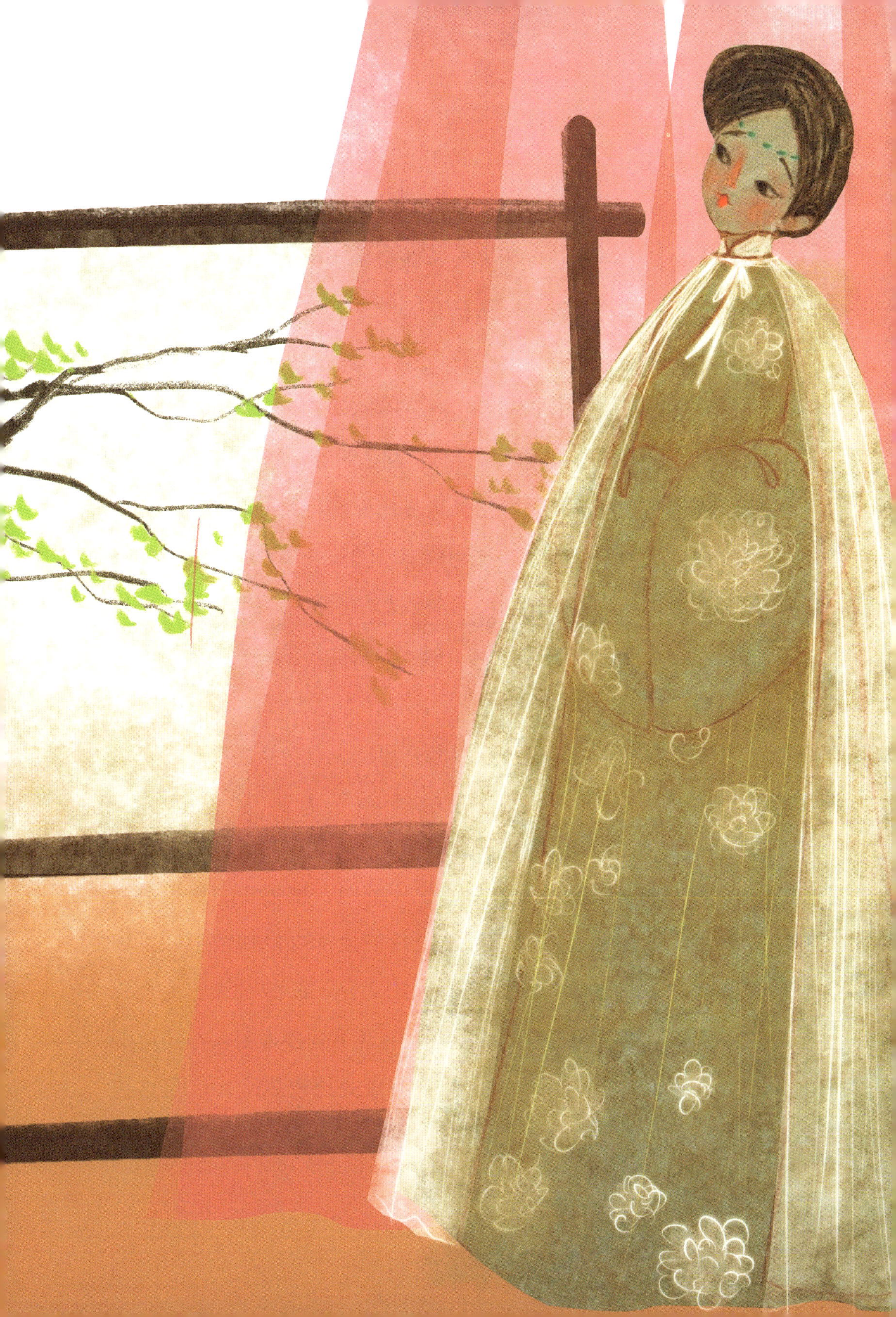

家的财富转化成整个贾氏家族的财富，这样一来就算宁荣两家倒了，贾氏宗族也不会倒。

这种做法在历史上是有先例的，比如宋代名臣范仲淹做官之后，自己省吃俭用，却在家乡购置了千亩土地，作为宗族的义田，专门接济范氏宗族中的贫苦之人。他们穷的时候在田里劳作，有饭吃、有衣穿，得以保延性命；若是一朝发迹了、做官了，就轮到他们拿出一定的俸禄，继续支持宗族田产的建设。这些田地由宗族中有威望的长者管理，制定了完善的管理章程。虽说范仲淹仕途不顺，晚年屡屡遭到贬谪，但范氏宗族在他的庇护下延续不绝，后世子孙亦努力经营这些田产，不断扩大田地，从宋朝开始历经元明清三朝，至清朝末年，这些田产已发展到五千多亩，被称为"范氏义庄"。范氏宗族也在义庄的庇护下兴盛发展。

至于为什么要在祖坟旁边购置田产房舍？这里涉及一条古代法律。

在古代，祭祀祖宗是大事，为了便于祭祖，朝廷规定祖坟附近的土地归宗族自有，不收税不纳粮，哪怕是宗族里的人犯了重罪，甚至被抄家，祖坟附近的地都可以保留下来。如果官府把祖坟抄了，就意味着灭绝人伦、断绝香火，为百姓所不能忍，所以哪怕是皇帝也不会随便下旨抄人祖坟。秦可卿建议在祖坟附近买田产，也是希望借此规避风险，以免这些产业在家族衰败的时候受影响。

至于家塾，前文讲过，贾家家塾的风气越来越差，管理一塌糊涂。加强管理，整顿家风，再加上田庄、房舍等祭祀产业的供给，尽可能让后代走上正途，这也是一个合理的建议。

从以上两点可以看出，秦可卿目光长远，高瞻远瞩，绝非普通人可比。还有一种说法，说这些其实是作者曹雪芹的心里话。曹家败落之后，日子过得很惨淡，可谓"满径蓬蒿② 老不华，举家食粥酒常赊"，在这样贫寒的处境中，曹雪芹难免会想到，若是富贵之时能准备一些后路，购置一些田产，自己以及后人也不会落到如此境地。借秦可卿之口说出来的，可能也是曹雪芹的肺腑之言。

秦可卿怕王熙凤没听进心里，又叮嘱道："婶娘，你可千万记住我的话，不思后日，绝非长策。过些日子咱们家里会遇到一件大喜事，真如鲜花着锦、烈火烹油一般，热闹无比，但那只是一时的欢乐、瞬间的繁华。若是被喜事冲昏了头脑，忘了我的嘱咐，才真是后悔莫及。切记'盛筵必散'，万万要提前做好准备。"

王熙凤听后忙问大喜事是什么。然而秦可卿只说天机不可泄露，接着留下两句话："三春去后诸芳尽，各自须寻各自门。"

王熙凤正欲追问，却听门外梆梆梆梆四声响，将她猛地惊醒。此时屋外有人喊道："东府的蓉大奶奶没了！"

蓉大奶奶正是秦可卿。听说她没了，王熙凤顿时吓出一身冷汗，她这时候才明白，方才是秦可卿前来托梦，找自己留下最后的遗言。

想到这里，王熙凤赶紧穿上衣服，火急火燎地直奔王夫人的住处，准备一同前往宁国府。

秦可卿去世的消息迅速在荣国府传开，各位夫人小姐都感慨万千。长辈念她平日恭敬孝顺，平辈想她素日亲密和睦，小辈想她温柔慈爱，连家中仆人都念叨她怜贫惜贱、尊老爱幼。人人都在伤心，这么一个好姑娘说没就没了。没有人不为她悲号痛哭。

听到秦可卿去世的消息，宝玉只觉得心里仿佛被人戳了一刀，难过得无以复加，哇的一声喷出一口鲜血，吓得袭人等人慌忙要去禀告贾母，给宝玉请大夫。

宝玉见状赶紧拦着，说道："你别怕，我这属于急火攻心，血不归经，没什么大碍。"他一边说一边换衣服，急匆匆地要出门。

宝玉先去见了贾母，说自己现在就要过去。老太太劝道："你别这么急啊，一来人刚咽气，恐不干净；二来夜里风大，你明早再去也不迟。"

但宝玉怎么都听不进去，他心中悲戚，哪里管得了这么多，执意要去。老太太只能让人安排车马，护着宝玉过去。

很快，宝玉来到了宁国府门前。虽然正值深夜，但宁国府上下灯火通明，门口人来人往、络绎不绝，院内哭声摇山振岳。宝玉进了门，先来到停放秦氏棺椁（guǒ）的地方，对着灵堂痛哭了许久，随后去见尤氏和贾珍。

此时贾珍那里人甚多，有贾代儒、贾代修、贾赦、贾效、贾敦、贾赦、贾政、贾琮、贾瑸（bīn）、贾珩（héng）等。各路平时见不到的远近亲戚都来了。

宝玉好不容易挤进人群，见贾珍哭得跟个泪人似的，正和贾代儒等人说："贾家合家老小、远近亲朋，谁不知道我那儿媳比儿子还强十倍。如今她一蹬腿走了，我们这长房可是要绝后了啊。"

他说着又哭起来，旁边的人都劝他节哀，先商议如何料理丧事。

贾珍当即说道："尽我所有罢了。"然后就开始安排了。他吩咐人去钦天监阴阳司挑一个办丧事的日子。钦天监是古代朝廷里掌管天文、历法、气象占卜的部门，可见贾珍对秦氏丧事的重视。他还准备停灵长达七七四十九天，就是把灵柩放在某处四十九日，请人作法超度，同时供人祭祀悼念。古人办这种仪式有停灵三天或七天的，也有十几天的，但停四十九天已经远超当时显贵的殡仪标准。

贾珍又安排人在这四十九天之内要请来一百零八位僧人，每天在大厅里念《大悲忏》，同时还要请九十九位全真派道士在天香楼设坛，以洗清亡者在尘世间所受的冤屈。然后再请五十位高僧、五十位高道在会芳园每七天对坛。

这些事都安排下去后，仍有一件事让贾珍放心不下，那就是装殓秦可卿的棺材板。贾珍看了很多都不满意。

这时候，薛蟠站出来解决了他的烦恼。他有什么办法呢？

诗词欣赏

曹家败落

"满径蓬蒿老不华，举家食粥酒常赊"，出自曹雪芹的友人敦诚的《赠曹雪芹》一诗，表达了诗人对曹家遭遇的同情和感慨。全诗如下。

赠曹雪芹 清 敦诚

满径蓬蒿老不华，举家食粥酒常赊。
衡门僻巷愁今雨，废馆颓楼梦旧家。
司业青钱留客醉，步兵白眼向人斜。
何人肯与猪肝食，日望西山餐暮霞。

识词释义

❶**树倒猢狲散**：指树倒了，上面的猴子们就散去了，比喻有权势的人一旦垮台，依附他的人也会随即溃散。据宋代庞元英《谈薮》记载：曹咏依附秦桧，官至侍郎，显赫一时，及秦桧死，曹妻兄厉德斯遣人致书于曹咏，启封，乃《树倒猢狲散》赋一篇。 ❷**满径蓬蒿**：指某个地方长久以来无人出入走动，蓬草青蒿长满小路。出自唐代吴融的《风雨吟》："蓬蒿满径尘一榻，独此闵闵何其烦。"

第10章 肆意妄为坏礼制

薛蟠见贾珍为棺材板烦恼，便提议道："我们店里有一副板，说是万年不坏，很是不错。当年原本是忠义亲王老千岁看中的，但奈何他犯了事，就没用上，现在还封存在我家店里，没人买得起。你若是要，我就抬来给你看看。"

贾珍甚喜，急忙让薛蟠把那板材运来。果然是好材料，帮底厚八寸①，纹若槟榔，味若檀麝（shè），拿手一敲，声若玉石。

贾珍很满意，问薛蟠这块木料多少钱。薛蟠告诉他："这副木板哪怕拿一千两银子也没处买。咱们是很近的亲戚，不谈钱，你随便赏几两银子，当作工钱就行。"

贾珍闻言，感激不尽。但贾政比较谨慎，他劝贾珍道："这木板明显不是给一般人用的。咱们贾家虽然富贵，但也没到可以肆意妄为的地步。家中儿媳去世，你就要用亲王选中的木料做棺材，那要是咱家的老爷夫人走了呢？要我说，还是改用上等杉木吧。"

贾政的担心是有道理的，封建社会讲究尊卑有序，地位不同，礼制不同。如果用了高一级的礼制，就叫逾越；用了低一级的礼制，又会让人看不起。

举个例子，周朝的礼仪规定：天子祭祀要欣赏"八佾（yì）舞"，这种舞蹈队列纵横都是八个人，即六十四个人一起演出；而低一级的诸侯王祭祀时只能看"六佾舞"，就是三十六个人的演出；再低一级的士大夫就只能看"四佾舞"。

到了春秋年间，天子大权旁落，有诸侯开始看八佾舞。孔子听说后表示："八佾舞于庭，是可忍，孰不可忍！"意思是，诸侯王都用天子的礼仪了，要是这都能忍，还有什么是不能忍的呢？

可惜的是，贾珍根本听不进去。不仅如此，他还嫌排场不够大。

按照当时习俗，葬礼操办的过程中要高挂灵幡。灵幡是一种垂直挂在竹竿上的旗子，古人在葬礼上用灵幡指引死者的魂魄入土为安，所以它也叫作引魂幡。这种旗子上一般要写上死者的名讳、头衔。贾珍又犯难了，因为秦可卿没什么头衔，就算写，也只能写其夫贾蓉的头衔。

但贾蓉当时只是"黉（hóng）门监生"，即当时国子监的学生，头衔写出来也不好看。

贾珍只好找到当时宫里的一位管事太监，掏了一千两银子，给贾蓉买来一个五品龙禁尉②的头衔。

为什么要着重讲这场葬礼呢？这是曹雪芹的一个巧思。前文刚讲过秦可卿死前托梦，想的都是家族衰败之后如何让后人免于危难。结果等她一死，其公公大搞排场，花钱如流水。儿媳都能看出家族衰败的迹象，当老爷的却看不出，仍在肆意挥霍，难怪贾府要走下坡路。

秦可卿临终托梦，不找宁国府的自家近亲，却找王熙凤这个婶娘，可见她对宁国府的老爷少爷有清醒的认识，知道这些人不是经营家族的材料。

随后，一个绝好的机会出现在王熙凤面前，让她有机会掌管宁国府的各项事宜。这个机会还是和秦可卿的葬礼有关。

前文中讲寿筵是豪门大族进行社交的场合，同样的道理，葬礼也是贵族聚会的地方。

可是自打秦可卿去世，尤氏就犯了旧病，天天卧床不起，无法出面接待客人、料理事务。好在宝玉向贾珍推荐了王熙凤做帮手，贾珍也知道王熙凤很有能耐，就急忙过去请。

此刻王熙凤就在宁国府中，她是陪着王夫人、邢夫人等人来吊丧的。

她们正聊着，外面忽然有人来报："大爷进来了！"

这一嗓子喊出去，屋里就乱了套——即便大家都是亲戚，宁国府的老爷也不能随便见其他家的女眷。贾珍突然来到，在场的女眷们无不想找个地方避一避，唯有王熙凤不慌不忙地站起来。

贾珍忙着主持葬礼，又过于悲痛，也得了些小病，挂着拐杖出现在众人面前。见他这副模样，邢夫人忙问："你身体不好，该好好歇歇才是，来这里做什么？"

贾珍颤颤巍巍地就要下拜。这倒不是贾珍胡乱行礼，他年龄虽大，辈分却低，他跟王熙凤、贾宝玉等人是平辈，比王夫人、邢夫人她们低一辈，见了面自然要下拜请安。

两位夫人赶紧叫宝玉搀住贾珍，让他有事直说。

只见贾珍勉强挤出笑容，装出一副可怜又谦卑的样子，告诉两位夫人，自己前来是有一件事要求两位婶娘和大妹妹帮忙。贾珍说的大妹妹就是王熙凤。

"婶娘知道，如今孙媳妇没了，你们的侄儿媳妇又病倒了，我家中已经没人管事了。眼下府上要办葬礼，这样着实不成体统。我就想请大妹妹留在我府上，屈尊暂管一个月。把葬礼办妥，我就放心了。"

邢夫人说道："你大妹妹现在在你二婶娘家，只和她说就是了。"推托出去。王夫人有点犹豫地笑道："她还是个孩子，哪里经历过这种事，要是料理不好，反叫人笑话。"

贾珍又苦笑卖可怜："婶娘的意思我明白，我家的事又多又杂，你们必是怕大妹妹劳苦，在我府上受委屈。"说着，他长叹一声，拿手掩住额头，似是在抹泪的样子。

"唉！我想了好几日，奈何除了妹妹，我实在是没人可以求了。婶娘就算不看侄儿我和媳妇的面子，也请看在死者的面子上，答应我的请求吧。"

王夫人见再不答应就显得太绝情了，于是悄悄地问王熙凤："你能行吗？宁国府的事你管得过来吗？"

王熙凤本就是一个好强的人，平日里最爱给自己揽事，卖弄能干，当下就说道："有什么不能的。外面葬礼的大事大哥哥都料理好了，留给我的也只是些家里招待客人、调度家仆的小事，这些我还是办得到的。若是有什么我不知道的，我问太太您就是了。"

王夫人见她说得有理，便不再说话。

贾珍见事成了，立刻拍板道："既然大妹妹这么爽快，我就先给大妹妹行礼了，劳烦你这些日子多辛苦辛苦，等事情都处理完了，我再正式登门道谢。"说着就给王熙凤作揖，接着让下人把宁国府的对牌拿来了。

对牌是古代大家族办事时的信物，也叫对号牌。这种牌子一般由竹、木制成，上面写着号码，中间劈成两半。平常要让仆人办事，当家的夫人就会发给他们一个对牌，表示这事是经主子同意办的。

举个例子，比如王熙凤派人去买东西，仆人就要先到库房里去取银子。如果仆人直接去，无凭无据，肯定取不出来钱。

这时候王熙凤就会发给仆人一个对牌作为信物，管库房的人看了牌子，才会取钱给仆人。

此外，牌子上标着一个号码。发对牌的时候主人这边会记录，某年某月某日某个仆人拿着某号牌子去库房取多少两银子。等仆人拿着牌子来到库房之后，库房也会记录，某年某月某日谁拿几号牌取走多少钱。到了月底的时候，主人会派人拿着记录来对账，要是两边的记录有出入，就说明仆人在执行命令的过程中动了手脚，这是古人管家的常见做法。

贾珍要把对牌这么重要的东西交给王熙凤，说明他对王熙凤极其信任。有对牌在手，宁国府上下的仆人都得听王熙凤的调令。

王熙凤不敢直接接牌，只看着王夫人。王夫人说道："你大哥既这么说，你就拿了吧。只是有事别自作主张，打发人先问你哥哥嫂子一声。"

宝玉一直在旁边看着，此时走上前直接从贾珍手里拿过对牌，强塞给了王熙凤。

接着贾珍和王熙凤闲聊了几句，简单说了说情况，便告辞忙别的事去了。

一时间在场的女眷们也大多走了，王夫人也要回荣国府，开口问王熙凤："你今天怎么说？跟我们一起回去吗？"

王熙凤回答道："太太您只管回去吧，我还得在宁国府多待一会儿，起码理出一个头绪。"

王熙凤确实是个管理人才，她很清楚，想要管好宁国府这样的豪门大户，得先摸清府里的情况。送走王夫人等人之后，她就开始在宁国府内闲逛，观察仆人的行为。

经过实地考察，王熙凤发现宁国府的问题真不少，主要有五个：闲杂人等太多，工作安排混乱，财产管理不严，仆人待遇不公，以及家仆之间地位不等。

第一个指府上的人口太多，管理却不严，闲杂人等都能混进府中，因此丢了不少东西。

第二个指仆人的工作安排混乱，谁有空就派谁去干，好多工作没有专人负责，容易相互推诿。前文讲焦大醉骂宁国府，就是因为晚上赶马车送客的事别人不愿意干，就推到他这个老仆人头上，他觉得受了欺负才发火的。

第三个问题在于钱没管好，花起钱来大手大脚，府上的丫鬟小厮没少冒领钱财，造成家族财产的浪费。事实上，贾珍就是一个铺张浪费的人，所谓上行下效，下面的仆人可不是有样学样。

第四个问题是任无大小，苦乐不均。大概意思是说仆人之间待遇不公，有的人累死累活，只能拿最低一档的待遇；有的人天天清闲无聊，却能拿最多的银子。

最后一个问题是家人豪纵，府上仆人有地位之别。主子要是有地位，仆人就飞扬跋扈，欺负其他仆人；要是没地位，仆人就只能受人欺负。

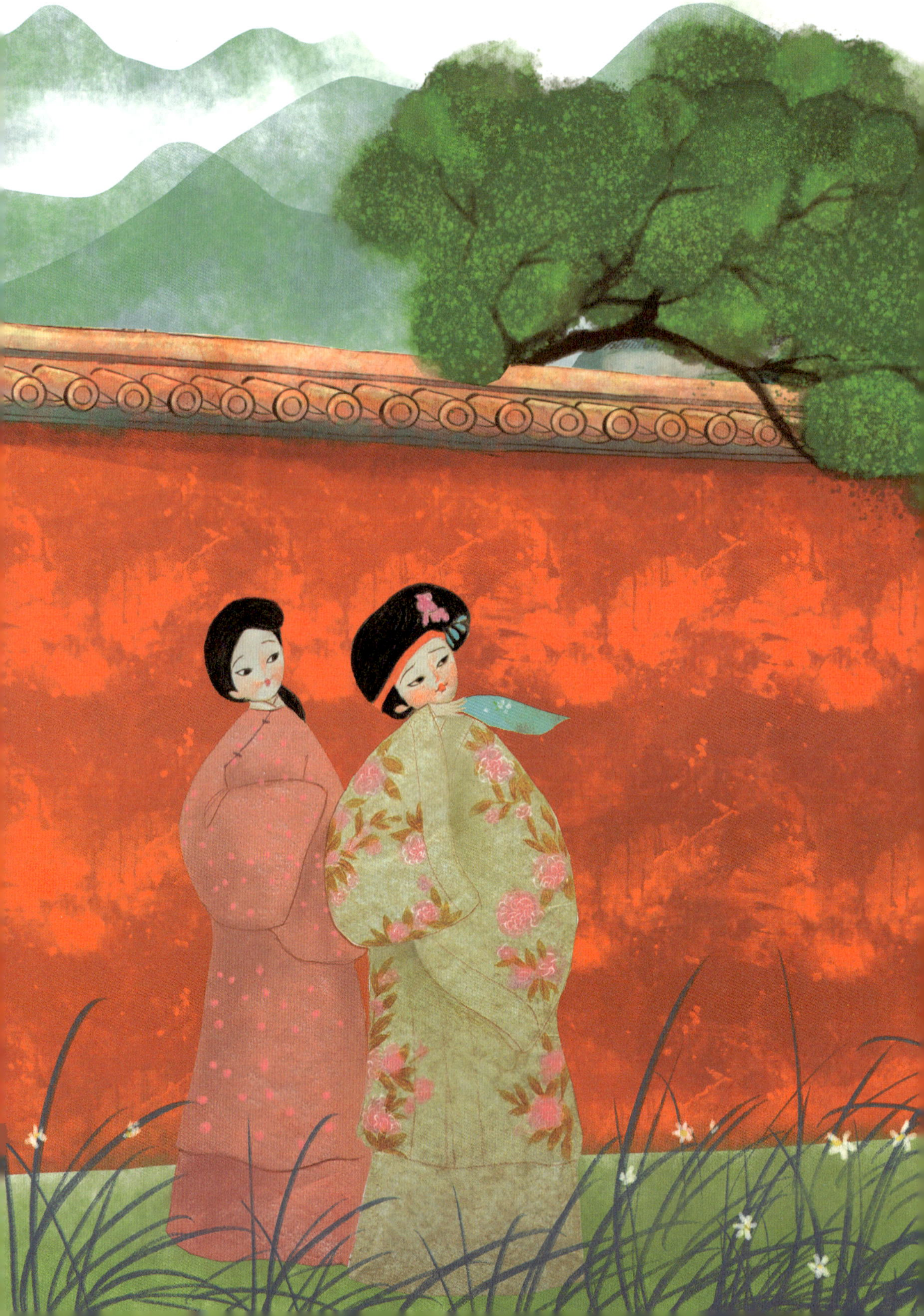

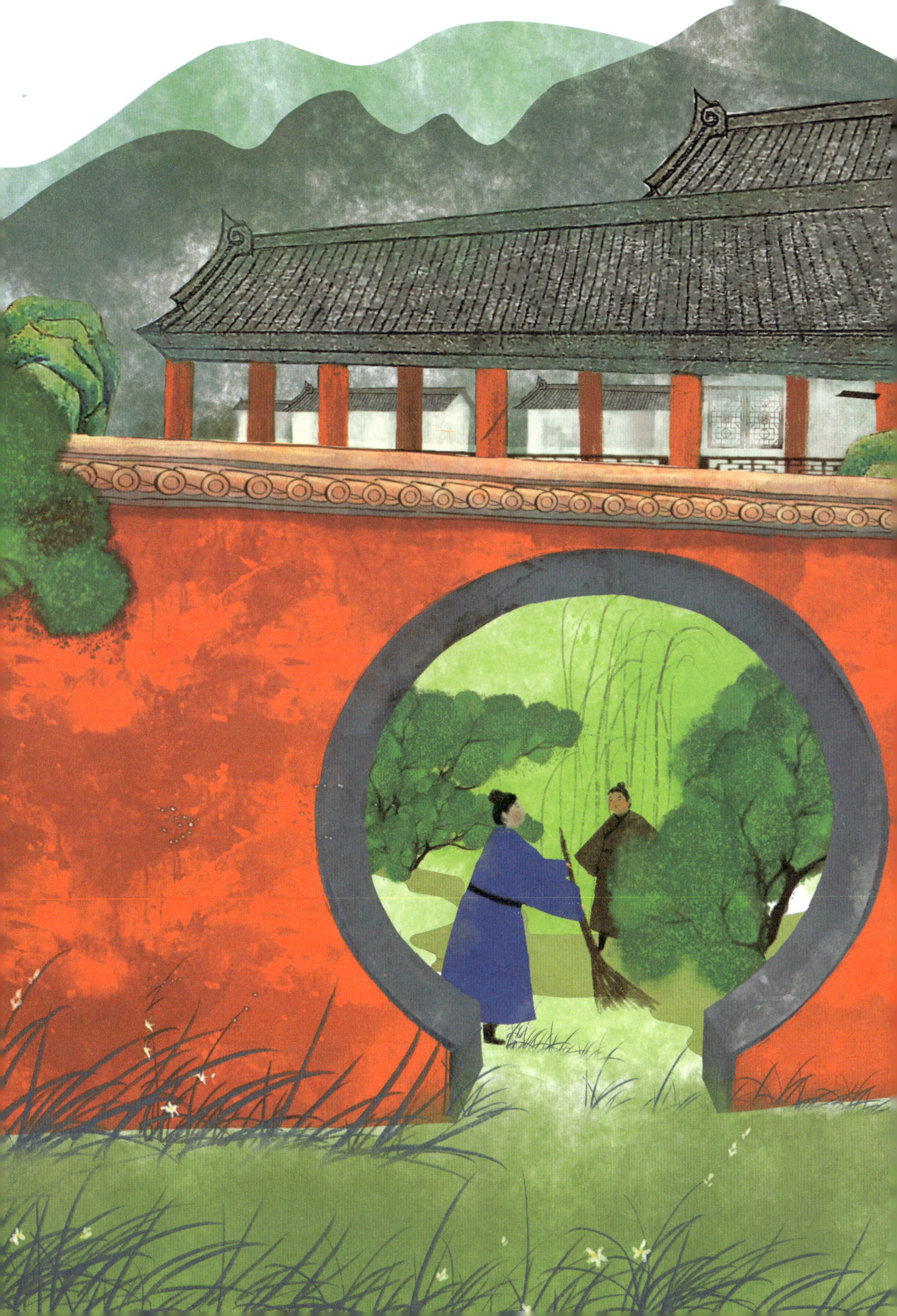

宁国府的内部管理一塌糊涂，问题层出不穷，难怪秦可卿对贾府的未来充满忧虑。

现在王熙凤理清了府上的问题，自然就要进行改革，解决这些弊病，她会怎么做呢？

有意思的是，王熙凤在观察宁国府仆人的时候，宁国府的仆人也在观察她。

宁国府的总管赖升将一众仆人聚在一起，说道："听说琏二奶奶是出了名的烈货③，脸酸心硬。"

有人接话道："这不是个好对付的主儿，咱们恐怕要受苦了。"

其他仆人纷纷附和。其间有人说道："怕什么，她只来咱们府上一个月，再苦再累，熬过这一个月就行了，无非是小心伺候嘛。"

也有人站在王熙凤这边说话："让琏二奶奶管管也好，这里头是需要整治整治了，好些人都太不像话了。"

众人正聊着，有个女人走了进来，问道："是不是在这儿领东西？"

有家仆认得她是王熙凤的陪嫁丫鬟来旺媳妇。她带着王熙凤给的对牌来库房领一些纸。

众人连忙让座倒茶，同时命人从库房里按数取来纸张交给来旺媳妇。

来旺媳妇把这些纸带回王熙凤那儿，王熙凤立刻命令丫头把这些纸裁剪装订，做成一本本小册子。古代书籍少，空本子更少，很少有人直接买本子来用，都是买了白纸回家自己装订。

小册子装订好之后，王熙凤便叫来赖升的媳妇，让她把宁国府上下所有仆人的花名册给她，又让明日一早所有家仆媳妇进府听差。随后她坐车回家了。

次日，王熙凤带着名册来到了宁国府，见所有老婆媳妇已聚集到一块儿。

王熙凤说道："既然你们老爷让我来管宁国府，那我就得把这责任担起来。说句你们不爱听的话，我可不比你们之前管事的奶奶好说话，由着你们胡来。有我在这儿，事情怎么办都得听我的，别跟我说什么府里过去是怎么做的，过去的不算数了。你们要是违背了我的意思，犯了错，甭管是谁，过去在府里有什么地位，我一律严格处治。"

这话一说，宁国府上下的仆人都被镇住了。

见大家都不敢说话，王熙凤很是满意，开始正式安排工作。她回到屋里，让手下的丫头按照花名册点名，点到谁的名字，谁就单独进屋面见王熙凤。

随后王熙凤仔细吩咐，选了二十人分作两班，一班十人，负责白天晚上轮流给往来的亲友倒茶，这二十人不用管别的事，把上茶这一项工作干好就行；又选了二十人，也分两班，负责早晚照顾本家亲戚茶饭，也只负责这一件事。

除此之外，王熙凤还安排了四十人负责照看灵堂，上香、守灵等事都归她们管。其中四人负责收各处的茶碗用具，要是收的茶碗少了，少几个这四个就赔几个；八人负责监收祭礼；八人负责分派葬礼上用的蜡烛、灯油、纸扎等物品……还有些打扫房间、照看门户的安排，就不一一细说了。

为了把这些人管好，王熙凤告诉仆人们："你们到了哪个点该干什么事，我这儿都记得清清楚楚，谁敢怠慢偷懒，误了时间，别怪我不客气。"

见王熙凤这么认真，仆人们哪敢懈怠。一番安排下来，宁国府上下你忙你的，我忙我的，互不打扰，井井有条。

王熙凤还叫来赖升家的媳妇，说道："你给我看好了，要是有哪个人赌钱吃酒、打架拌嘴，你立刻呈报给我。家里的桌椅古玩、一草一木若是有损坏，就是看守的责任。就连茶叶、油灯、鸡毛掸子这些东西，也得把数点齐了，谁用了几个拿走多少，都要登记清楚。"

自此，宁国府上下风气大有改观，王熙凤见自己威重令行，颇为得意。

诗词欣赏

飞扬跋扈 原意是意气举动越出常轨，不受拘束，现在多指骄横放肆。出自《北史·齐本纪·高祖神武帝》："景专制河南十四年矣，常有飞扬跋扈志。"杜甫就曾形容李白"飞扬跋扈"。

赠李白　唐　杜甫

秋来相顾尚飘蓬，未就丹砂愧葛洪。
痛饮狂歌空度日，飞扬跋扈为谁雄？

识词释义

❶**寸：** 古代长度单位。1寸约等于0.3米。　❷**龙禁尉：** 指皇帝禁中侍卫。　❸**烈货：** 指泼辣的家伙。

第11章 四王八公齐送葬

凡事总有例外。这一天,王熙凤照常一大早来到宁国府,要查点人数,好巧不巧,有个负责接送亲友的仆人没来,王熙凤派人去叫,那人才匆匆赶来。

王熙凤想要在府上立威,正缺个犯错的人让自己惩治,这会儿那人迟到犯错,不是往枪口上撞嘛。

王熙凤当面讽刺道:"好啊,原来是你这家伙误了时辰,你比别人体面多了,都不听我的话了!"

那仆人吓得不轻,赶紧下跪求饶:"奶奶,奴才天天都来得早,只今天迟到一回,望奶奶看在初犯的份儿上,饶奴才一次吧。"

但无论这个仆人怎么求情,王熙凤都打定主意要给她一个教训。王熙凤把她晾在一边,让她反省,自己先去处理别的事。

有个媳妇到屋里取钱用,王熙凤问道:"你取钱做什么?"

那仆人答道:"我负责给府上的马车和轿子做装饰,需要拿钱去买装饰用的宝珠和彩线。"

王熙凤点点头:"既然是这样,咱们府上有大轿子两顶,小轿子四顶,另有马车四辆,要用多少宝珠彩线,你把准确的数量报上来。"仆人如实汇报,王熙凤听过,看数字没错,才答应给钱。

不过宁国府的人还不了解王熙凤的本事,有人想浑水摸鱼。又有四个仆人走进来,也是要领钱办事。

王熙凤命她们把所有的开销都说清楚,待她们说完便指出其中两件:"这个开销算错了,回去重新算清楚再来!"说罢,把奏事的帖子摔在她们面前,一点儿面子都没留。这两人无比尴尬,只能拾起帖子,灰头土脸地出去了。

等杂事处理得差不多了,王熙凤才转向早上迟到的那个仆人,说道:"我知道你是第一次犯,本来也想饶你,但想来想去,今天要是饶了你,明天她也迟到,后天我也迟到,这府上不就没有规矩了吗?还是罚了好。"

说着,王熙凤下令把人带出去,打二十板子。众人不敢怠慢,拉下那人照数打了二十板子。之后,王熙凤还派人吩咐说:"告诉赖升,革了这人一个月的钱粮。"

罪也认了,板子也挨了,还得扣一个月的工钱,那倒霉的仆人只能咬牙认栽。有她这个例子在前,别的仆人知道了王熙凤的厉害,纷纷严格要求自己,兢兢业业[1],再也不敢胡来。

说回宝玉这边。一日，宝玉和秦钟来王熙凤这边坐坐。突人有人来报，贾琏的仆人昭儿回来了。自丈夫贾琏走后，王熙凤日夜思念，见昭儿回来，急忙问道："你怎么回来了？琏二爷回来没有？"

昭儿说道："是二爷打发我回来报信的，林姑老爷是九月初三没的。二爷带了林姑娘，同送林姑老爷的灵回老家苏州，大约要赶年底回来，所以二爷才派我先回来跟老太太请个安、报个信。"

宝玉听了，心中惦念着黛玉，说道："她不知道该哭成什么样了。"瞬时低下头，眉头紧蹙，长叹不休。

王熙凤见宝玉一副担忧的样子，不想让他徒增悲伤，便开玩笑劝慰他："等到他们回来，你林妹妹可要在府上长住了。"

等宝玉他们走后，王熙凤忙完家里的事，又叫来昭儿，问丈夫有没有遇到什么情况，需不需要家里给他带什么东西。

昭儿如实相告："如今天冷，二爷那边需要一些过冬的厚衣服。"

听了这话，王熙凤赶紧派人去取，连夜点好数，打好包，让昭儿送去贾琏身边。

王熙凤还叮嘱道："你在外面要好生服侍，别惹你二爷生气。另外你也看着他点，小心别在外惹什么事，招惹什么混账女人，若有我可要打断你的腿了。"昭儿笑着答应，随后离开了。

第二天天刚刚亮，王熙凤就起床了，梳洗后又直奔宁国府。

为什么王熙凤这么急呢？因为这天要举行葬礼中最重要的仪式——伴宿，也就是在埋葬死者的前一天，让死者的家属陪在棺材旁边整整一夜，为死者守灵。

更重要的是，伴宿后第二天一早就要去送葬。送葬之时府上会来大量宾客，都是有头有脸的人物，每一个都要仔细接待才行，所以王熙凤才会这么急匆匆地赶到宁国府去张罗这些事。

一到府上，王熙凤就忙开了。府里所有事她都得管，大到宾客怎么接待，葬礼要守哪些礼节，小到蜡烛怎么布置，茶碗什么时候上，这些事情仆人们都来请示王熙凤。还有缮国公诰命夫人亡故，邢、王两位夫人去送殡，西安郡王妃生日送礼等事务。王熙凤忙得脚不沾地，一整天下来连口饭都没心思吃，坐卧不宁。

到了傍晚，伴宿仪式开始，同族的各路亲戚到了，都是王熙凤亲自接待。本就疲惫不堪的她重新打起精神，把亲戚们安排得妥妥当当。

宁国府灯火通明，百般热闹，葬礼办得完美无缺。众人都看出了王熙凤的能耐，纷纷夸赞她治家的本事。

到天明吉时，下葬仪式开始，很多贵客到了，这些人之中最尊贵的当数"四王八公"的子弟。

"四王"指的是东平郡王、南安郡王、西宁郡王和北静郡王四位王爷。"八公"则指镇国公牛家、理国公柳家、齐国公陈家、治国公马家、修国公侯家、缮国公石家这六家，再加上宁国公和荣国公这两家。这几位国公都是行伍出身，在战场上立下战功，因而被加授国公的头衔，地位上虽然不及诸王爷，但都是京城里顶级的豪门大族。

此外，来送殡的其他权贵也有不少，比如忠靖侯、平原侯、定城侯等侯爵级别的家族，还有锦乡伯等伯爵的公子、神武将军家的少爷等贵门子弟。

一时间，路上大轿子就停了十来顶，小轿子更是多到三四十顶，再加上各路官员、办事的仆人小厮，队伍竟排出三四里远，拥挤不堪又热闹非凡。

宁国府送殡大队浩浩荡荡，从北向南一路向城门走去。路上，忽见远处一彪人马鸣锣张伞而来，正是北静郡王的队伍。

本来王爷们一般不会亲自来参加这样的葬礼，但今天北静王却另有想法。他想起自己祖父曾和宁国公在战场上同甘共苦，如今宁国府的人去世，他便借机前来探望。

听说王爷亲自来了，贾珍忙拉上贾赦、贾政一道前去迎接，以国礼下拜。北静王十分谦和，他欠身回礼，谈笑间不以王爷自居，极为亲和。

北静王为什么这么客气？简单介绍一下，北静王名水溶（一说世荣），当年他的祖先在战场上立功最大，所以封王的时候，他们家是四王之中地位最高的。北静王刚刚继承王位不久，他地位虽高，年纪却很小，这会儿尚未弱冠。

什么叫弱冠？古代男子二十岁成年的时候，会戴上代表成人的帽子，这就表示成年了。

一个十多岁的年轻人，一点儿官场经验都没有，就直接坐到北静王这样的位置上，他需要找机会稳住自己的地位。北静王府跟宁国府过去本来就是世交，趁这个机会让贾家的人记得自己的好，回头在朝中相互支持，这是北静王的聪明之处。

忽然北静王问贾政："听闻你家有一位衔玉而生的公子，极为奇特，今日既然来了，何不把他请来让我看看呢？"北静王年轻，跟贾政这一辈的人难免有些隔阂，和宝玉结交，就能拉近两家的关系。

听到王爷想见宝玉，贾政忙退下来，让宝玉脱去孝服，换上正式服装来参见王爷。

宝玉自是欢喜，他早就听人说过，北静王贤德有礼，才貌双全，一直想结识。来到王爷的轿子前，宝玉愣住了：北静王果然仪表不凡，头戴洁白簪（zān）缨银翅王帽，穿着江牙海水五爪龙白蟒袍，腰上系着碧玉红鞓（tīng）带，面如美玉，目似明星，英俊秀丽。

宝玉观察王爷的时候，王爷也在观察他。只见宝玉戴着束发银冠，勒着双龙出海抹额，穿着白蟒箭袖，围着攒珠银带，面若春花，目如点漆，同样相貌过人。

宝玉要给北静王下拜行礼，北静王赶忙伸手搀住，笑道："名不虚传，宝玉宝玉，果然是如'宝'似'玉'。"

接着王爷问宝玉:"听说你是衔玉而生的,那块玉现在可在身边?"宝玉连忙从衣内取了通灵宝玉递过去。王爷接过玉仔细看了半天,看到玉上刻的字,便问:"你这玉上写着能除邪祟、疗冤疾、知祸福,还能仙寿恒昌,不知灵验不灵验?"

贾政忙答道:"是有驱邪避祸的说法,但也只是传说罢了,我们也没试过。"

王爷没再追问,只是感叹这玉果然是好宝物,随后仔细理好拴在通灵宝玉上的丝带,亲手给宝玉带上。

几人又闲聊了几句,王爷问了宝玉多大年纪、读了什么书等,宝玉一一作答。聊得差不多了,王爷见宝玉言语清晰,谈吐有致,就同贾政说:"令郎真乃龙驹凤雏② 也。不是小王我言语唐突,所谓'雏凤清于老凤声',令郎将来前途无量。"

这句诗出自唐代诗人李商隐之手,本意是指小凤凰叫的声音比老凤凰更清晰,寓意儿子将超越父亲。

此话一说,贾政别提多高兴了,他整天盼着宝玉能振奋起来,撑起家族的脸面。接着王爷话锋一转:"令郎资质如此过人,想必老太太和您的夫人钟爱至极。像我们这些晚辈后生,是不应该受到溺爱的,被溺爱难免荒废学业、耽误人生。说实话,我也因长辈溺爱误过事。令郎比我年纪小一些,若是他也因为家人溺爱而误了学业,就重蹈覆辙了。"

这些话说到贾政心坎里了。宝玉不喜欢科举,不喜欢读四书五经,就喜欢读风花雪月的闲书,这让贾政非常恼怒。封建

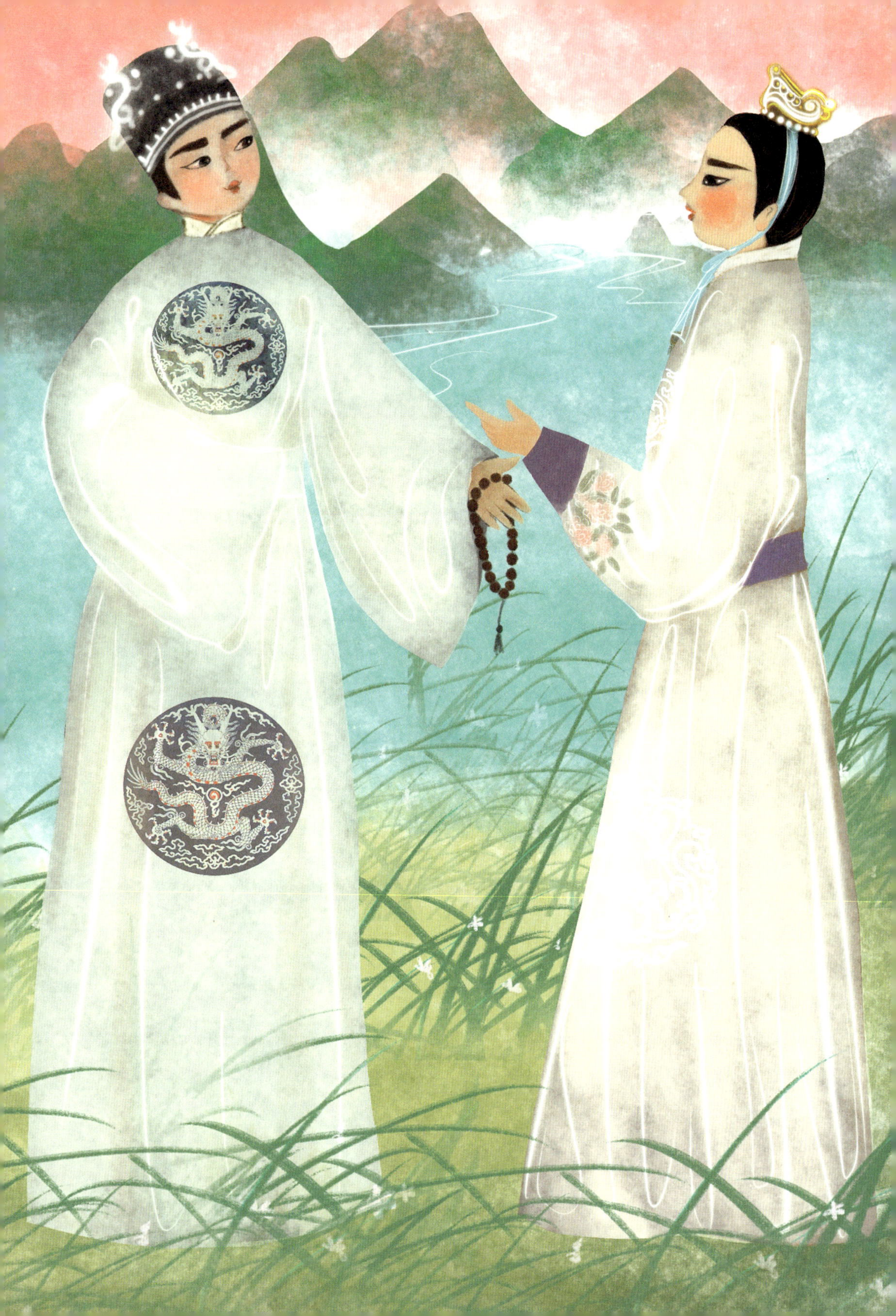

社会讲究父为子纲，儿子必须服从父亲，若不听话，当爹的就可以打。奈何每次贾政想动手的时候，贾母和王夫人都出来拦着，她们对宝玉太过溺爱，一点儿苦都不想让他吃，更不要说让他挨打了。

长久以来，宝玉也愈加骄纵。现在王爷说要警惕溺爱宝玉，贾政是举双手赞成。

北静王又同贾政讲："若是令郎在家没法用功，不妨让他到我家来。本王虽不才，府上却常有不少海内外名士，言谈举止不俗。令郎若是常来我这里，跟这些高人多聊聊，想来学问必有精进。"

北静王从手腕上卸下一串念珠，递给宝玉，说："今天第一次见面，比较仓促，没能给你带什么礼物，这鹡鸰（jí líng）香念珠是前天圣上亲赐的，你收下吧，权当作是敬贺之礼。"

面对王爷的赏赐，宝玉不敢怠慢，连忙伸手接过，揣在怀中，和父亲贾政一起谢恩。

到此，北静王目的达到，说完"逝者已登仙界"等安慰之语便告辞了。葬礼还在继续进行，现在众人要把棺材运到城外下葬。

王熙凤知道宝玉贪玩，担心他独自骑马纵性逞强，有什么闪失，特意派人叫来宝玉跟自己坐同一辆马车。宝玉没有反对，当即下马，爬进凤姐的马车，二人说笑着出了城。

诗词欣赏

雏凤清于老凤声

现今已成一句谚语,比喻儿子胜过父亲。其出处来自下面这首唐代诗人李商隐的七言绝句组诗。韩冬郎韩偓即席作诗送李商隐,才惊四座,后来李商隐追诵"连宵侍坐裴回久"一句,有老成之风,因此作两首绝句酬答给畏之员外。畏之是韩偓之父韩瞻的字,员外是尊称。

十岁裁诗走马成,冷灰残烛动离情。
桐花万里丹山路,雏凤清于老凤声。
剑栈风樯各苦辛,别时冰雪到时春。
为凭何逊休联句,瘦尽东阳姓沈人。

识词释义

❶ **兢兢业业:** 指做事谨慎、勤恳。出自《诗经·大雅·云汉》:"兢兢业业,如霆如雷。" ❷ **龙驹凤雏:** 指非常有才华的英俊少年。出自《晋书·陆云传》:"云字士龙,六岁能属文,性清正,有才理……幼时吴尚书广陵闵鸿见而奇之,曰:'此儿若非龙驹,当是凤雏。'"

第12章 师太巧言激熙凤

且说宁国府送殡，一路热闹非常。按规矩，在下葬的路途中，若是住有亲戚朋友，他们就要在路边设立一个棚子，在棚子里预备好茶桌茶碗。等灵柩到棚子附近的时候，这些人就把沏好的茶水端上来，一来慰劳送葬的人，二来也表达自己对逝者的哀思。

贾家亲朋众多，沿途三四里地都是棚子。送葬的队伍每到一个棚子旁，都要停下来向棚内的亲朋致谢。

马车才出城没多久，有人来问王熙凤："附近有可以歇息、方便的地方，咱们要不要停一停？"王熙凤考虑到大家的难处，下令在此处歇了再走。

他们歇息的地方是城外的一个小村子，这里住的是些普通人家，平日里以种田为生，收入低微，日子过得比较苦。这会儿贾家的队伍路过，要出钱征用他们的房屋歇息，这些农家自然十分愿意。

王熙凤带了一众人进入农庄，此前早有家仆进入农庄，把庄里的男子赶到外面。至于庄里的女子，仓促之间没别的地方可去，直接赶出去显得太不近人情，便让她们留在院子里，只要不打扰王熙凤等人休息就行。

宝玉是个闲不住的人，自打进了农庄，看什么都新鲜，带着仆人四处游览，边走边问，问了铁锹、犁，又问了锄头、耙子、担子、箩筐等物件，还上手试了试。结果一试才知道，这些农具用起来都不轻松，他随便挥舞两下就累得够呛。宝玉不禁感叹：难怪古人会写"谁知盘中餐，粒粒皆辛苦"[1]。

看得出来，宝玉本质是善良的，体会到农具不好用，就想到在田间耕作的辛苦，在内心深处愿意对穷苦之人表示同情。但与此同时，宝玉也是个被惯坏了的孩子，他被大户人家的院墙关了太久，丝毫不知底层的劳苦。

看完农具，宝玉接着闲逛，走进一间屋内，看到一架纺车。这是纺线用的，一般有一个大轮子和一个手柄，使用的时候摇动手柄，轮子就会跟着转起来。这时候把棉花、羊毛等放上去，就可以把它们纺成细线；再把细线放到织布机上，就可以产出布料。古代很多人身上穿的衣服都是自家纺织出来的，纺纱、织布、做针线活，是古时候女子们常见的手艺。

宝玉没见过纺车，觉得好奇，于是走上前去摇纺车的手柄。

见纺车的轮子跟着转，宝玉乐了。结果这时，却听见一个女声说："停下！别把纺车给弄坏了！"

宝玉抬眼一看，说话的是个十七八岁的农家丫头。一旁的仆人赶忙阻止这位姑娘并连声斥责。宝玉上去拦住家仆，对姑娘赔笑着说自己只是因为没见过，所以想试试。

听宝玉这么说，丫头的火气也消了几分，她回答宝玉说："你哪里会用这个，站一边去，要是想看，我纺给你看就是了。"说着就上前演示起来。只是这演示还没结束，一个老婆子走过来叫道："二丫头，快过来，别惹事！"

原来刚才仆人这一吵，把农户家的老太太给惊到了，老太太怕惹事，赶紧把丫头叫走了。她这一走，宝玉觉得没趣极了，在心里责怪仆人搅事。正想着，有人来传信，说凤姐叫宝玉他们进去。

凤姐换好衣服吃过茶，命人打赏了这户人家，便起身上车，准备离开这个小村子。走到村口时，宝玉又看见了刚才责怪自己的那个小丫头。她抱着个小孩子，这会儿正跟其他几个姑娘一块儿瞅他。

这也是过去孩子多的贫苦人家常见的景象，父亲忙着下地干活，母亲还有纺织的工作要做，家里的小孩子就只能交给年纪大一些的哥哥姐姐来带。人们常说的"长兄如父，长姐如母"就是这么来的。

宝玉并不懂这些。他觉得刚才这丫头敢站出来指责自己，

福

还愿意给自己演示纺车怎么用,这种勇气不是一般人能有的。现在又看到她抱着孩子,一时情不自禁,有点受震动,但他只能跟着马车离开。

之所以安排这一场戏,曹雪芹是想告诉我们,虽然《红楼梦》里讲了不少奇女子,但这样的人并不是豪门世家特有的,民间有思想有壮志的女子同样不在少数,只是因视角所限,作者只讲了发生在大户人家女子身上的故事而已。

离开村子之后,队伍很快到了下葬的地点。忙活半晌,人入土为安了,一同前来的宾客也大多散去。按照规矩,葬礼还有最后一个环节,就是安灵仪式。这个仪式简单来说就是安置灵位,把秦可卿的灵位送到附近的寺庙之中,让僧人念经,举行一场超度亡灵的仪式。

举办仪式的地方叫铁槛寺,这座寺庙早年间是荣国公和宁国公两位老祖宗出钱修建的,为的就是家里有人去世了之后,有个地方安放灵位,也方便后人祭拜。

贾家人口众多,远亲也特别多,这些人贫富不一,性情各异。有的家中经济拮据,送灵后便在此地安住;有的家里讲究排场,有钱有势,便说这里不方便居住,另寻他处去了。

王熙凤就决定换个地方住。她派人来到铁槛寺附近的水月庵②,让这里预备几间房,打算住这儿。此前周大娘给各位姑娘送宫花的时候,碰到过水月庵净虚师太的弟子智能儿。这座尼姑庵跟贾家的关系十分密切,王熙凤暂住几天,自然没有问题。

听闻凤姐要来,水月庵的净虚师太还很高兴。王熙凤现在是荣、宁二府的管家,两府钱财都归她调配,把她伺候好了,对尼姑庵的发展大有好处。

净虚师太平日里最好金银财货,没少到各处收受钱财,为了骗钱,她还经常跟人打包票,说只要给她钱,她就能把事办妥。这次净虚师太接了个活儿,只是这活儿她自己办不了,得求王熙凤帮忙才行。

这天晚上,净虚师太趁机找到王熙凤,告诉她:"阿弥陀佛,早年间我是在长安县的善才庵里出家的,那儿有一户姓张的人家,在当地是个大财主,每年都到我们庵里进香。这家人有个女儿,小名唤作金哥,有一次这姑娘来进香,被一个姓李的公子看上了。这李公子是长安府太爷的小舅子,家里有钱有势。见金哥漂亮,李公子便派人到府上来下聘,要把金哥娶回家。"

听到这儿,王熙凤有些疑惑地问:"这不挺好的吗?李家明媒正娶,张家若是满意,许了这门亲事不就得了,有什么好麻烦的?"

净虚师太说道:"奶奶您接着听我说。原本确实不错,但奈何金哥早跟别家定了亲,定亲对象乃是原任长安守备③家的公子。两家婚事已定,就差选个日子把新娘接进门了,结果现在李家又来求亲,事情就比较棘手了。"

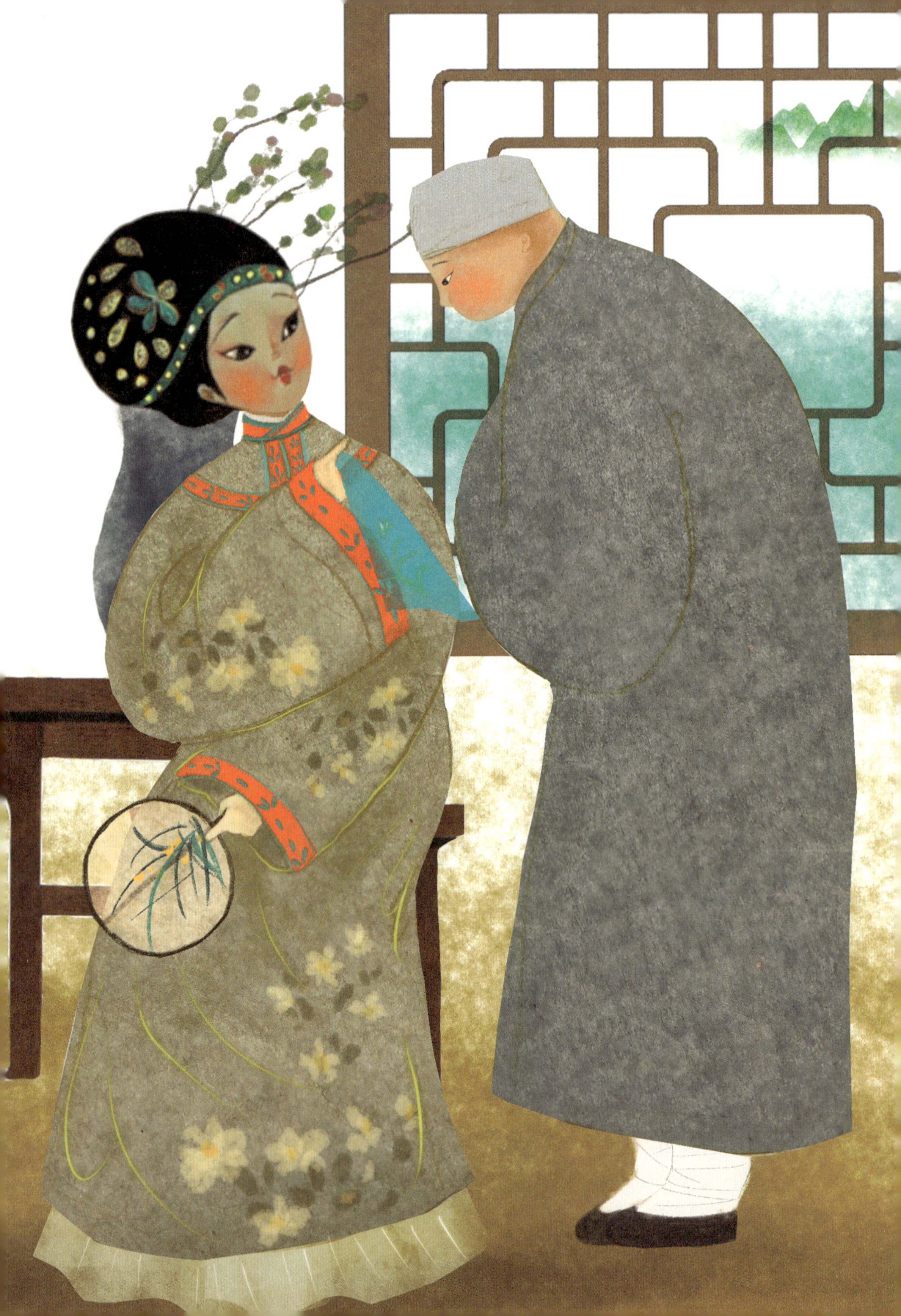

按常理来说，此事并不麻烦。既然定了亲，就不该收其他家的聘礼。此时的凤姐并不知道，这老尼姑一番故事讲完，又要引出一桩悲剧来。

净虚师太继续讲道："本来张家人是想推掉第二份聘礼的，然而下聘的李公子执意要娶。张家无计可施，两处为难。不想守备家听了这个消息，也不管青红皂白，直接跑来张家骂，嚷着要打官司评理去。张家急了，就来京城找门路了。我想长安节度使云老爷和贵府交好，就想求太太和老爷写封信，请云老爷让守备家退亲。张家愿倾家致谢。"

讲到这儿，王熙凤明白了，合着就是两家人要结亲，结果来了个权贵公子闹事，要把人家婚事给搅了。王熙凤推托着说太太现在不管这样的事。净虚师太一听就说："太太不管，这事奶奶您可以管。"

王熙凤干脆直接表态："我也不差银子用，也不想管这样的事。"

净虚师太知道王熙凤个性强，光求她没用，还得用激将法。只要能把她争强好胜的性子激起来，这事就好办了。

于是净虚师太装出一副很失落的样子，长叹一声："哎！奶奶既然这么说了，我也不好多说什么。奈何张家人都知道我来求奶奶了，如今奶奶不管，张家不会知道是奶奶没工夫管这事儿，不稀罕他的谢礼，而是会以为是咱府里不行，连办这点儿小事的手段都没有呢。"

这番话说出来，激起了王熙凤的兴趣："你是知道我的，从来不相信什么因果报应。不管什么事，我要是想管，都能办成。你让张家的人拿三千两银子过来，我就替他们出这口气。"

净虚师太喜不自胜，连说："好好好，这好办，改日就让张家把这钱送来。奶奶您就早点开恩，把这事办了得了。"

王熙凤又补充道："我可不是贪张家的钱啊，我要钱只是给下面的人当跑腿费，让下人们赚点儿辛苦钱，我自己一个子儿也不要。即便是三万两，我此刻也能拿出来。"

净虚师太听后奉承说："还是奶奶您善解人意，这点儿事在别人跟前是个麻烦事，若是在奶奶您跟前，再麻烦一些也都不怕。俗话说能者多劳，怪不得太太把府上的事都交给奶奶您来办呢，全仗着奶奶您有本事。您也一定要保重身体才好啊。"

这一通马屁拍下来，王熙凤十分受用，也不顾舟车劳顿，两人开始攀谈起来。

王熙凤是怎么帮张家解决问题的呢？转天，王熙凤叫来自己的亲信小厮来旺，让他快马进城，去找掌管文书的人，就说贾琏下令，让他给长安县节度使云光去一封信，请他帮忙。这位节度使曾受过贾府的恩惠，让他帮忙办事，他肯定是愿意的。

事情的发展果如王熙凤所料，云光果然满口答应，回信一封交给来旺。王熙凤得了云光的回信，便知事情已解决。净虚师太就此通知张家，守备家忍气吞声，不敢再闹，接受了张家的退婚，吃了这个哑巴亏。

守备家退了婚，张家收了李公子的聘礼，李公子将迎娶金哥过门，要皆大欢喜了吗？并没有。

造化弄人。张家父母贪恋权势，却养出一个重情重义的女儿。金哥与守备家的儿子两情相悦，听闻父母退了亲事，要把自己许配给别人，金哥万念俱灰。她自知无力违逆父母的决定，眼见无法与心上人比翼齐飞，绝望地找来一条白绫汗巾，趁家人不注意，悬梁自尽了。那守备家的公子听闻金哥自缢，也投河而死。可怜这对苦命的鸳鸯，本来有机会结成神仙眷侣，却被世事逼迫，双双殒命。

这番折腾下来，张家失去了女儿，李家没了新娘，人财两空。守备家最惨，不仅被逼着退了婚，失了家族的体面，如今连儿子都没了。

算来算去，这件事获利的只有两个局外人：一个是净虚师太，她视财如命，若是张家没有许给她好处，她又怎会替张家办事；另一个是王熙凤，虽说结局并不圆满，但那三千两银子她是实实在在收到手里了。

这件事从头到尾王熙凤都没向王夫人汇报过，全是她一手操办的。这意味着这三千两银子被王熙凤收入自己的腰包，变成她的私房钱。

自从挣了这笔私房钱，王熙凤的胆子越来越大。在此事件发生前，王熙凤每日想的是如何施展自己的才能，管好这个家，她为了贾家的兴衰荣辱操心，也愿意替秦可卿实现遗愿，把这个大家族保下来。但自发生这件事之后，王熙凤的欲望被激发出来，她意识到自己的本事可以轻松换来钱财，尝到了甜头，更加热衷于此道，愈来愈胡作非为，办的脏事不可胜数。

当年贾宝玉梦游太虚幻境，看到暗示王熙凤命运的曲子为："机关算尽太聪明，反算了卿卿性命。"这句话从这里开始逐渐变为现实。

在此期间，秦可卿的葬礼终于办完了。

最后，秦可卿给王熙凤托梦时曾预言，贾府将迎来一场空前盛事，没多久，这盛事真来了。而这也是贾府由盛转衰的重要节点。此外，"刘姥姥进大观园"这句俗语是怎么来的？"大观园"又是怎样的地方？这些故事下一册再讲。

诗词欣赏

铁槛寺 其中"槛"读 kǎn，门槛，在文中有生死界限之意。而在《世无百年人》一诗中又可比喻富贵。全诗如下。

世无百年人　唐　王梵志

世无百年人，强作千年调。
打铁作门限（槛），鬼见拍手笑。

识词释义

❶ "**谁知盘中餐，粒粒皆辛苦。**"出自唐代李绅《悯农二首·其二》，描写农民劳动的辛苦，粮食的珍贵。　❷ **水月庵：**又名馒头庵。因庙里做的馒头很好吃，故得此诨名。在《红楼梦》中这里的"馒头"也比喻坟墓。　❸ **守备：**明、清时期的官名，掌管分守城堡或营务粮饷等事。

红楼内外的世情百态

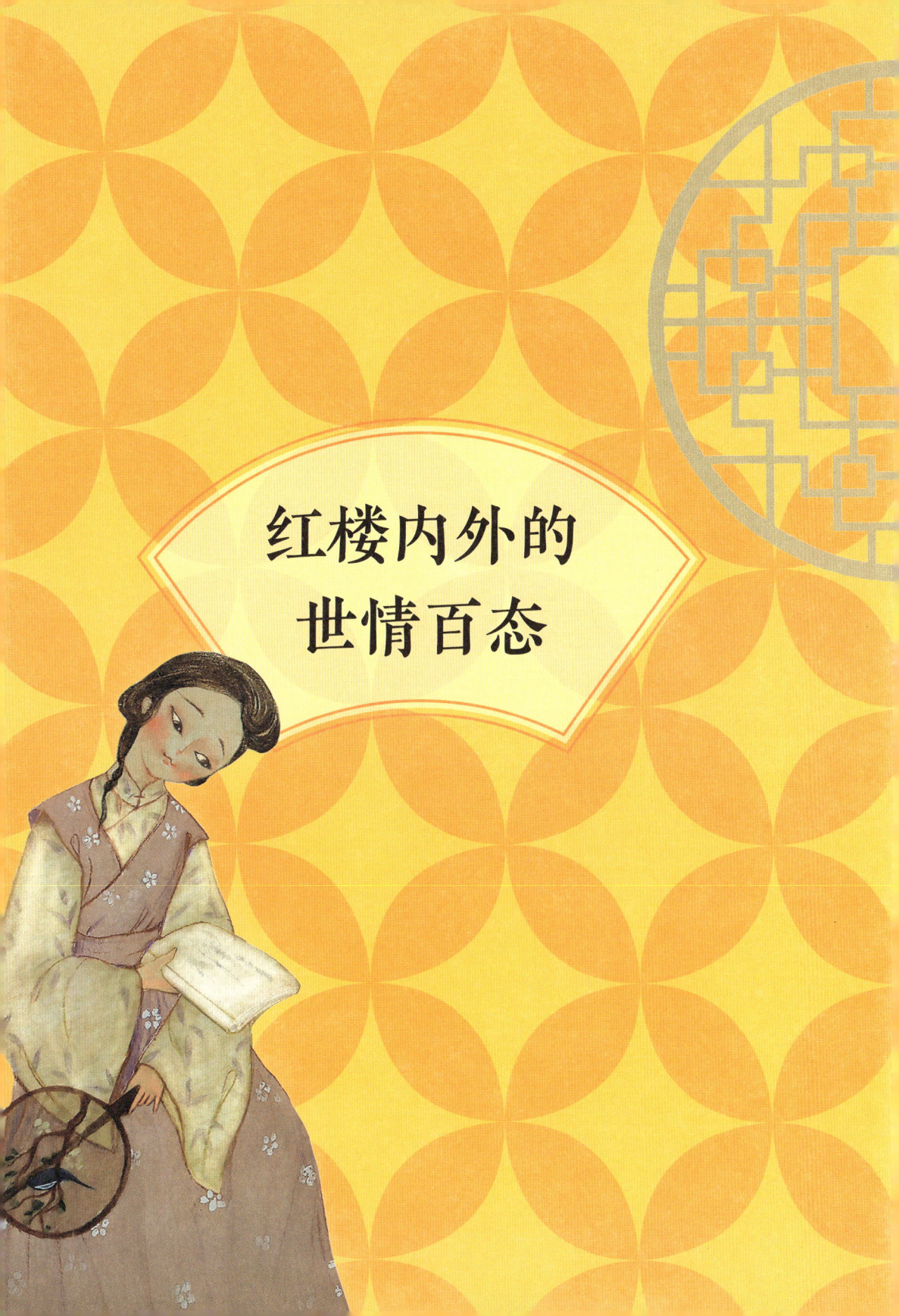

蟾宫折桂

《红楼梦》原著第九回写道："彼时黛玉在窗下对镜理妆，听宝玉说上学去，因笑道：'好，这一去，可是要蟾宫折桂了！我不能送你了。'"

这里的"蟾宫折桂"是一个文学典故，出自《晋书·郤（xì）诜（shēn）传》："武帝于东堂会送，问诜曰：'卿自以为何如？'诜对曰：'臣举贤良对策，为天下第一，犹桂林之一枝，昆山之片玉。'"

这段话的意思是，武帝在东堂和郤诜相见。武帝问郤诜："爱卿认为自己怎么样？"郤诜答道："我认为在推举贤士入朝效力这方面，我是天底下最好的，好比桂花林中的一枝花，昆山中的一块玉。"后世由此引申出"蟾宫折桂"这一成语，指到月宫里折桂花，通常用来比喻科举登第。

关于桂树、月亮的故事从古至今有很多版本，唐宋以来，文人墨客尤其热衷编撰与月、桂有关的传说。比如唐朝段成式的《酉阳杂俎（zǔ）》中就记载了众所周知的"吴刚伐桂"这一神话传说，明初文学家宋濂在作品《重荣桂记》中也记载了一个跟桂树有关的故事。

传说在江西庐陵有一个叫周孟声的人，他和儿子周学颜都是有学问的读书人，在当地小有名气。他家院子里种着一棵桂树，树干粗壮，枝叶繁茂，投下的树荫足以遮盖两亩地。茶余饭后，周家人总爱坐在桂树下闲聊、小憩，日子过得很安逸。

可是，周家这种安逸的生活很快被打破了。时值元朝末期，社会动荡，一场动乱之后，周家的房屋被焚毁，桂树也被烧死，只留下光秃秃的树桩。周孟声一家悲痛万分，只得重新盖起房子。他们对老桂树有深厚的感情，最终选择保留了剩下的树桩。

不料，到明初天下安定时，干枯多年的树桩上竟抽出了新芽。没几年时间，这棵老桂树又长得郁郁葱葱了。有人担忧地对周家人说："这棵树被大火烧得外焦内枯，现在竟又发芽长叶，事出反常，恐怕不是好兆头。"但是也有人认为，枯木逢春是吉兆。一时之间什么样的说法都有。

没过多久，周孟声的孙子周仲方考中了进士。众人的争论终于有了一个结论：这棵桂树的重生带来的是祥瑞。

这当然是迷信的说法。但从枯树重生中可以看出桂树生命力顽强，相信这也是古人选中桂树来喻指高中和高就的原因之一吧。

古代发型和年龄的秘密

《红楼梦》原著第七回写周瑞家的媳妇第一次见香菱,是在她往梨香院寻王夫人时。当时,她在院门前见到一个才留了头的小女孩儿,正和王夫人的丫鬟金钏儿在台阶上玩,后来得知这小女孩儿便是香菱。

过去女子幼年剃发,年龄渐长,先蓄顶心头发,再留全发,叫作"留头",又叫"留满头"。

在古时,不同年龄的发型有不同的规定。

陶渊明的《桃花源记》中有一句"黄发垂髫,并怡然自乐",描绘出一幅和谐安宁、自得其乐的幸福生活图景。在这里,"黄发"指老人晚年头发由白转黄;"垂髫"则指幼童,他们既不能束发,又没到扎犄角的年龄,所以只能让头发垂下来。

等长到十岁左右,头发留了起来,就可以梳成两个犄角,这两个小犄角就是"总角",古时小孩一般在八九岁到十三四岁之间留这个发型。《诗经·国风·齐风·甫田》有言:"婉兮娈兮,总角丱(guàn)兮。""角"即小髻,"丱"则指儿童的发髻向上分开的样子。看这字形,可以说是非常形象了。

古代男子到了十五岁以后就要开始束发。束发就是将头发扎到头顶做成髻,从十五岁一直到二十岁接受冠礼之前,男子都需要保持束发这一发型。

在古代，十五岁对女子来说是一个非常重要的年龄。《礼记·内则》记载："（女子）十有五年而笄（jī）。"女子十五岁时举行及笄礼后结发加笄。及笄又叫"既笄"，相当于男子束发。"笄"，结发之簪。而结发就是把头发在头顶上盘成发髻（区别于童年的发式），用簪子固定，表示已经成人，可以结婚了。《文选》卷二十九，苏武有诗曰："结发为夫妻，恩爱两不疑。"

相对于女子，古代男子的成年礼要延后一些，在二十岁的时候举行。《礼记·曲礼上》中说"男子二十冠而字"，意思是，男子到了二十岁就要举行加冠之礼并取字。

冠礼最早出现于周朝，最初都是在家族的宗庙中进行。古人对冠礼非常重视，会选择良辰吉日举行冠礼，并告知相关亲友前来观礼。冠礼前三天要确定由何人主持冠礼，一般是受冠礼人的长辈。在周代，贵族男子二十岁结发加冠后可以娶妻。

"老饕"苏东坡两三事

纵观整部《红楼梦》，其中处处可见苏东坡的影子，从书房命名到茶盏上的题字，再到大观园中众人引用、化用苏东坡诗句，不胜枚举。

比如《红楼梦》原著第十八回，宝玉在"怡红快绿"题下所作的诗中有"红妆夜未眠"一句，即源自苏轼《海棠》一诗中"只恐夜深花睡去，故烧高烛照红妆"。第三十八回，众人赏桂吃蟹，宝玉便有一句诗"原为世人美口福，坡仙曾笑一生忙"，这里宝玉借苏东坡爱吃蟹一事自嘲为口腹奔忙。

苏东坡爱吃、会吃，且对饮食之道颇有研究，还写有《老饕赋》。接下来我们就来说说苏东坡关于"吃"的两三件逸事。

相传，元丰二年（1079）七月，有人诬陷苏东坡在谢恩表中的用语蔑视朝廷，苏东坡因此被捕下狱。在监狱中苏东坡度日如年，为前途命运担忧，为亲朋好友受到牵连而焦虑，儿子每天到监狱看他，成了漫长一天中最大的慰藉。

儿子每天来探望时会为苏东坡送来饭食，苏东坡和儿子暗中约好，平日只许送蔬菜和肉食，倘有坏消息，便送鱼来。

这天，儿子因要事离京，就把送饭的事交给朋友去办，但是匆忙中忘了告诉朋友自己与父亲的暗号。结果，儿子的朋友送去了熏鱼，苏东坡见后大惊，以为凶多吉少了。想到将不久于人世，苏东坡痛心疾首，提笔给弟弟子由写了两首诀别诗，言辞凄惨，情感真挚。子由接到诗后一看，悲不自胜，伏案而泣。

后来，这些诗传到了皇帝手中，皇帝看到诗中多有对皇恩的感激之语，不由感慨良多，因此免了苏东坡的牢狱之灾，转而贬其为黄州团练副使。

贬居黄州期间，苏东坡被停发官俸，没有收入，一家人生活艰难。为了度过这段艰难时光，苏东坡特地作了一篇《节饮食说》贴在墙上勉励自己，规定一天只吃两顿饭，每顿饭吃一块肉，喝一杯酒。

不过，在黄州的这段日子物质生活虽然匮乏，但苏东坡过得极富情趣。劳作之余，他常去城里跟朋友沽酒共叙，若酒意上来，即使在野外，也倒头便睡，常常日暮才返家，过得自由自在。

一次饮酒夜游之际，苏东坡于江中小舟上望见夜空极美，兴之所至，便唱词一首：

夜饮东坡醒复醉，归来仿佛三更。家童鼻息已雷鸣。敲门都不应，倚杖听江声。

长恨此身非我有，何时忘却营营。夜阑风静縠纹平。小舟从此逝，江海寄余生。

谁知，第二天谣言四起，有人说苏东坡留下这首告别词顺江而逃了。这可把当地太守吓得不轻，因为贬谪期间，苏东坡是不允许离开贬居之地的，当地太守负有监视责任。太守怕朝廷问责，于是匆匆忙忙地跑去苏东坡家一探究竟，推门进去后，却发现苏东坡仍卧床未起，鼾声如雷。此事一时传为笑谈。

古代都有哪些交通工具？

《红楼梦》原著第二回写到，贾雨村讨甄家丫鬟娇杏做二房，娇杏父亲封肃"当夜用一乘小轿便把娇杏送进衙内去了"；第四回写到，林黛玉从扬州到荣国府先乘船，再坐轿；第十五回中，宁国府为秦可卿送殡之时，有"只见那边两骑马直奔凤姐车"的描写。由此可见，《红楼梦》中人的出行方式不外乎乘舟、坐轿子、骑马、乘车等。

在古代，交通不如现在发达，交通工具也有限，陆上交通工具主要有轿子、马车、马匹，水上交通工具主要就是船。

轿子是我国古代的一种特殊的交通工具。《隋书·礼仪制》记载："今辇（niǎn）制像轺（yáo）车而不施轮，用人荷之。"意思就是说，轿子是一种不用车轮的车，因为它是用人抬着走的。据史书记载，早在夏朝就出现了轿子的雏形。《尚书·益稷》记述："予乘四载，随山刊木。""四载"当中，就包括原始的轿子。晋朝顾恺之的《女史箴（zhēn）图》、唐朝阎立本的《步辇图》中都有早期轿子出现。轿子在宋朝得到极大普及，北宋著名画家

张择端的《清明上河图》中可见大量轿子往来于汴京城内。

我国最早出现的车辆为人力车,因为人力有限,所以人力车时代多为轻便的独轮车或者两轮车。后来,畜力车的出现解放了拉车的古人。

古代多用马拉车,马车的出现至少可以追溯到4000年以前,春秋战国时期甚至以一国拥有多少马车来衡量国力的强弱,可见当时马车的重要性。我们平时常说"君子一言,驷马难追",这里的"驷马"就是指四匹马拉的车。除了用马拉车,古人也用牛、驴、骡等拉车,到了后来,更有用骆驼和大象来拉车的做法。

骑马是古人作战和出行的重要方式。据说,战国时期赵武灵王为增强战斗力,锐意改革,推行西北方游牧和半游牧民族的服饰,提倡大家学习骑射之术。《战国策·赵二》中就有"今吾(赵武灵王)将胡服骑射以教百姓"的记载。

我国古代水上交通工具主要是船只。早期的船只多为筏和独木舟。据《周易·系辞》记载："伏羲氏刳（kū）木为舟。"由此可见，我国最早的船只在原始社会末期就已经问世。随着人类文明不断进步，运河等水上交通不断发展，人们对出行和运输的需求也不断提高。古人开始努力寻求改善水上交通工具的办法。

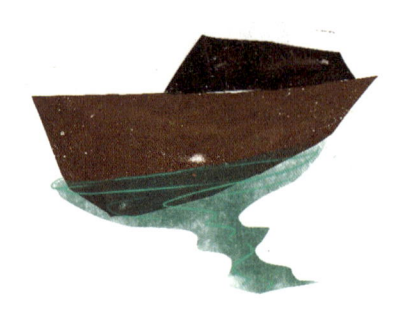

我国先后在秦汉、唐宋、明朝时期出现了三次造船高峰。明朝著名航海家郑和七下西洋，对中外经济、文化交往起到了积极作用，此举就离不开明代卓越的造船技术。